LE QUAI DES SECRETS

© 2000, Castor Poche Flammarion.

BRIGITTE COPPIN

Le quai des secrets

CaSTOR PLuS

Le temps des grandes découvertes, p. 141

Castor Poche Flammarion

Chapitre 1

Catherine mit son doigt dans sa bouche et le posa entre ses pieds au milieu du chemin. Puis elle regarda de près la terre qui s'était collée à la salive : une poussière brune parsemée de grains plus clairs, de minuscules débris. Elle frotta avec le pouce afin d'en palper la consistance mais la terre était trop sèche pour avoir la moindre épaisseur. Elle filait entre les doigts, s'envolait à chaque pas pour aller se poser on ne savait où. Il suffisait d'un coup de pied pour déterrer la bruyère, les fougères roussissaient sur les crêtes et même les grands arbres semblaient chanceler.

Catherine passa la main sur son front.

Il faisait trop chaud, depuis trop longtemps.

Au village, on disait que le sarrasin serait maigre, faute de sève, et les vieux en profitaient pour se plaindre plus que d'habitude.

Le vieil Hamel prédisait le pire. Depuis que son petit-fils avait pris la mer, il scrutait le ciel sans relâche et il avait vu, la nuit passée, une étoile qui luisait de méchante façon.

En sortant ce matin, Catherine avait reniflé autour d'elle, cherchant les senteurs humides de l'automne. Mais rien dans l'air de ce dimanche n'annonçait le mois de septembre. Sur le sentier qui montait vers la falaise, l'odeur de la mer devenait plus forte, couvrant celle de la poussière. Là-haut, dans les trous d'ombre, les sources tarissaient. La lande ressemblait à une torche prête à flamber.

Catherine allait sans bruit. Ses pieds connaissaient le chemin. Après la pierre levée qui barrait le sentier, un chêne tordu poussait dans la pente. Elle contourna le tronc oblique: c'était toujours là, dans ce creux tiède qu'elle retrouvait Jason. Depuis leur enfance, le frère et la sœur partageaient tous les secrets de la falaise. Plus jeunes, ils avaient imaginé que la roche à cet endroit dessinait la proue d'un immense navire et que Jason en était le capitaine. Du haut de son vaisseau immobile, il contemplait la mer, se hissait au sommet du grand châtaignier pour crier «Terre!» tandis qu'elle représentait l'équipage tout entier et se lançait à l'assaut du rivage inconnu en faisant des moulinets avec sa chemise tendue à bout de bras.

Puis ils avaient grandi… Catherine n'ôtait plus sa chemise et la dernière branche du châtaignier avait cessé d'être un poste de vigie. Mais ils continuaient à occuper ce territoire sauvage comme s'il leur appartenait, à eux seuls.

Catherine trouva Jason endormi sous l'arbre. Elle s'accroupit et lui colla un baiser dans l'oreille avant de chuchoter:

— Capitaine, navire en vue!

Jason se dressa sur un coude et regarda sa sœur d'un œil ahuri: la robe fraîche que Catherine avait passée pour la messe du matin était mouillée jusqu'aux genoux et le sable s'agglutinait sur l'étoffe en croûtes grises. Il émanait d'elle un parfum unique, mélange d'embruns et de foin sec, qui acheva de le réveiller. Tandis qu'il s'étirait, elle s'avança jusqu'à la crête.

— Ils ont la marée pour eux, murmura-t-elle, … et le vent aussi mais ce n'est qu'une brise de rien du tout. Tu crois qu'ils seront rendus avant la nuit ?

Jason l'avait rejointe et plissait les yeux, cherchant à estimer la vitesse du navire.

Sans un mot de réponse, il se lança dans le raidillon qui descendait vers le village. Au bout de quelques instants il s'arrêta, gêné par les sabots qui freinaient sa course. Catherine, légère sur ses pieds nus, gagnait du terrain. Le garçon sentit son sang s'échauffer. À défaut d'avoir découvert lui-même la voile mystérieuse, il ne pouvait manquer d'être le premier à l'annoncer ! Il abandonna les lourdes semelles de bois et opta pour un raccourci en se laissant rouler sur l'herbe. À mi-pente, il se retourna. Catherine suivait sans hâte ; elle avait empoigné sa jupe et offrait au soleil ses jambes blanches. Malgré ses quatorze ans, son corps semblait tout juste sorti de l'enfance et elle contemplait avec envie les formes rondes des filles de son âge.

Au village, on l'avait surnommée « la chevrette » en raison de sa maigreur et aussi parce qu'elle aimait se promener à marée basse en sautant d'un rocher sur l'autre. Ceux qui se levaient tôt la trouvaient parfois sur les pentes escarpées de la côte à cueillir des plantes ou à regarder la mer. Catherine avait accepté son surnom, ignorant la beauté dont la nature l'avait parée : une longue chevelure qui prenait au soleil l'éclat du cuivre rouge et des yeux changeants comme l'océan, brumeux le matin, gris dans la colère et verts quand poignait l'émotion.

Frère et sœur de tout leur cœur, Jason et Catherine ne l'étaient qu'à demi par le sang.

Une quinzaine d'années auparavant, un navire espagnol en route vers Anvers avait fait escale à Nantes pour y décharger une cargaison de laine. Parmi les passagers descendus se restaurer à terre, une jeune femme épuisée serrait contre elle un petit enfant bien mal en point. La jeune Espagnole fit comprendre qu'elle n'avait plus de lait et que l'enfant refusait les bouillies qu'elle lui préparait. Sur le quai, les matrones s'émurent. Elle fut conduite à l'auberge et l'on courut chercher une nourrice. L'hôtesse servit du bouillon chaud à la jeune mère et lui fit préparer un lit tandis que le petit se jetait sur le sein qu'on lui offrait.

C'est ainsi que Jason et Léonora furent accueillis en Bretagne, un soir d'automne de l'an 1529. Partout à travers le royaume, le prochain remariage du roi François avec la reine Éléonore d'Espagne* animait les conversations et Léonora fut l'objet de toutes les curiosités.

Fuyant son pays pour des raisons qu'elle ne voulut pas dévoiler, Léonora s'était embarquée sur un navire en partance vers les Flandres où elle comptait rejoindre une famille de cousins. Ignorant tout de la mer et des bateaux, elle avait cru mille fois mourir pendant la traversée et n'envisageait pas sans effroi la poursuite du voyage. Afin d'épargner son petit pécule, elle proposa de payer l'hôtesse avec quelques travaux d'aiguille et étala bientôt devant les commères éblouies une écharpe de soie ajourée, des aumônières** de velours au point d'or et deux fines chemises de corps brodées blanc sur blanc. Le soir même, les bourgeoises de Nantes savaient que la ville abritait dans ses murs une brodeuse étrangère aux doigts de fée et trouvèrent prétexte pour se rendre à l'auberge dès le lendemain. Les plus

* François Ier, veuf de Claude de France, a épousé Eléonore, sœur de Charles Quint, le 7 juillet 1530. Ce mariage a scellé la paix entre la France et l'Espagne.
** Aumônière : petit sac de tissu que l'on porte à la ceinture.

âgées regrettaient à haute voix le joli temps où la reine Anne* tenait sa cour à Nantes et découvrirent avec émerveillement des broderies dignes de la garde-robe royale. Les commandes affluèrent. Léonora s'en trouva bien. Elle laissa le bateau repartir sans elle. Ravie de couver une telle perle qui donnait grand prestige à son établissement, l'aubergiste lui offrit protection. En échange de quelques nappes, elle lui loua une chambre à petit prix et fournit la soupe du soir ainsi que le lait et le berceau pour Jason.

C'est dans la salle de l'auberge que Jean Lebesque, celui qui allait devenir le père de Catherine, découvrit Léonora au printemps suivant, alors qu'elle pliait soigneusement une robe de noce. Il regarda attentivement les mains qui savaient créer de telles merveilles, puis les yeux qui guidaient les mains et il sourit sans rien dire.

Il revint quelques semaines plus tard et s'attabla tranquillement à suivre le lent travail de l'aiguille. Une autre fois, il lui apporta des

* La duchesse Anne de Bretagne (1477-1514) devint reine de France en épousant Charles VIII en 1491. Le château de Nantes, où elle tenait une cour brillante, fut l'une de ses résidences favorites.

herbes dans un sachet et lui expliqua comment baigner ses yeux fatigués.

Un soir de juin, déposant près d'elle trois aunes* de soie de Lyon, il dit :

— Je viendrai vous chercher pour le feu de la Saint-Jean.

Et s'en fut à grandes enjambées sans écouter la réponse, ni le remerciement.

En attendant la fête, la jeune femme habilla son cœur et tailla dans la soie une chemise pour Jean. Le jour dit, elle était prête.

Il vint à cheval et assit Léonora devant lui, sur les épaules de l'animal. Après avoir longé le fleuve, ils allèrent lentement par les chemins creux. Le silence n'était pas pesant. Jean avait arrondi le bras autour de Léonora et celle-ci trouva le geste très naturel. Elle saisit sa main.

— Dans mon pays, les vieilles femmes disent que les mains parlent aussi bien que la bouche. Les tiennes, on dirait...

— Ton pays... ?

Léonora hésita un peu. Cet homme inspirait confiance et, depuis des mois, son propre silence

---

* Aune : ancienne mesure de longueur valant à peu près 1,20 m.

l'étouffait. En cherchant ses mots elle décrivit les collines roses, le bruit frais des fontaines et toutes les odeurs dans les ruelles surchauffées. À mesure que les souvenirs affluaient, sa voix se faisait plus saccadée. Jean avança un peu l'épaule pour qu'elle pût s'appuyer. Alors, elle raconta aussi la peur, les soldats, la fuite, le petit enfant qui ne cessait de pleurer... Quand elle eut fini de parler, il resta silencieux.

Les ombres s'allongeaient quand ils débouchèrent dans la cour d'une vaste demeure où brillaient plusieurs feux.

— Les gens d'ici sont mes amis. Sois la bienvenue ! dit Jean en la posant à terre. Léonora s'étira, ramena quelques mèches sous le bonnet de dentelle et fit le tour des lieux. La cour était encadrée de longs bâtiments sombres. Elle caressa de la main le granit rugueux des murs puis reconnut à son odeur humide le cellier où dormaient d'énormes tonneaux. Un gros soupir lui échappa. C'était la première fois qu'elle participait à une fête dans un pays qui n'était pas le sien.

Depuis son arrivée à Nantes, tout était à apprendre : la langue, les gens, les lumières, les pierres, tout... jusqu'à ce cochon rôti sur la table, que les couteaux s'apprêtaient à mettre en pièces. Les enfants se disputaient des lambeaux de chair grillée. Leurs piaillements éveillaient en elle le souvenir des festins de son enfance, où l'on partageait des mets différents. Mais partout, se dit-elle, il y a la même gourmandise, la même envie de vivre.

Cette pensée la rassura et elle sourit à Jean qui venait vers elle. Il avait endossé la chemise de soie brodée dont il avait roulé les manches pour ne pas les salir. Elle prit le temps de le regarder : il était grand et bien fait, le poil blond, les épaules un peu tombantes, avec un regard bleu qui vous perçait l'âme.

La soirée fut belle. Après la ripaille, vint la danse ; après la danse les contes. Le visage souillé de poussière, les enfants s'endormirent sur le sol. Le feu ronflait doucement. Lorsque la dernière voix se tut, le ciel pâlissait.

— Viens, dit Jean, c'est l'heure où les sorciers de mon espèce vont cueillir les plantes qui sauvent et aussi celles qui tuent. La nuit de la Saint-Jean est la plus courte de l'année. Les plantes le savent !

Il lui prit la main. Ils s'arrêtèrent au creux d'un talus. Dans la haie toute proche, un oiseau pépiait. La main de Jean quitta celle de Léonora pour envelopper sa nuque et tourna doucement son visage vers lui. Il y posa sa bouche. Elle balbutiait des mots qu'il ne connaissait pas et sa peau s'éclairait à mesure que le jour naissait.

C'était le premier matin de l'été.

Catherine naquit l'année suivante, à l'époque des jonquilles. Jean la reçut entre ses mains et lui donna le bain dans une grande bassine de cuivre devant l'âtre. Il avait installé Léonora dans une maison basse, non loin de la demeure dont il soignait le maître. Jean était médecin, sans robe ni licence d'université. Il savait lire dans les livres mais il découvrait mieux les maladies en observant les corps. Il avait reçu tant de malades venus de la ville, tremblants, usés par les saignées, qu'il avait revigorés avec du bouillon gras et une poignée de plantes bien choisies!

Fils cadet d'un apothicaire, il connaissait depuis l'enfance tous les remèdes que contenait l'échoppe de son père et il aurait voulu s'établir à sa suite. Hélas! C'était Louis, son frère aîné, qui avait hérité de la boutique... pour y entreposer du sel, des cordages et des tonneaux de harengs! Alors, Jean s'était fait vagabond, par dégoût, par rébellion, emportant dans une besace quelques livres de recettes savantes. À force d'errer sur les chemins, il avait appris à connaître les humains, leurs souffrances et leurs lâchetés. Il avait acquis en même temps une excellente réputation de guérisseur et il s'était installé loin de chez lui, aux abords de Nantes où les bourgeois réclamaient ses soins.

La présence de Léonora lui fit l'effet d'un baume sur d'anciennes blessures. Il fut émerveillé par tant de bien-être. Peu à peu, elle fit naître en lui le désir de revoir le village où il était né, un petit port sur la presqu'île du Cotentin. Jean comprit plus tard combien Léonora avait besoin de s'enraciner dans une terre, d'adopter ses ancêtres et son pays à lui, faute de pouvoir jamais retrouver l'Espagne.

Catherine avait un an et Jason deux de plus lorsque Jean Lebesque, accompagné de sa famille, s'arrêta devant l'échoppe de son frère Louis. Laissant les deux hommes à leurs retrouvailles, Léonora empoigna les enfants et s'aventura jusqu'au port. Du quai, on voyait à peine la mer. L'horizon était barré par une pointe rocheuse qui abritait un étroit bassin. Le pays de Jean ! Léonora laissait ce mot résonner en elle tandis qu'elle gravissait un sentier qui serpentait vers la falaise. Très vite, les chaumières s'éclaircirent. Derrière, s'étendaient les semis de printemps. Des pousses fragiles émergeaient déjà de la terre. Elle s'accroupit un instant pour caresser cette promesse de pain et reprit sa marche. Catherine pesait lourd sur son bras. Du haut de la falaise, la mer immobile lui fit l'effet d'un linceul glacé. Puis elle vit la ligne de la côte, avec ses promontoires qui résistaient aux tempêtes. Le pays de Jean était donc cette terre solide qui s'avançait à perte de vue dans l'océan. Une terre rude où les paysans dressaient patiemment des murs contre le vent, où les maisons, blotties dans les vallons, se tournaient vers le sud. Les hommes y vivaient de la pêche, sans risquer leur âme. Dans le port de Séville*, Léonora avait vu partir tant de marins, les yeux agrandis par la fièvre de l'or. Après des années d'absence, ceux qui revenaient parlaient du sang versé sur les plages vierges du Nouveau Monde, que la mer lavait en silence…

Elle saisit une poignée de terre, l'écrasa entre ses doigts pour en laisser tomber quelques miettes sur le front de Catherine. Puis elle redescendit tranquillement vers la maison du

* Séville : situé sur le fleuve Guadalquivir, en Andalousie, Séville est au XVIe siècle le port d'attache pour les navires partant à la conquête de l'Amérique.

port où Jean et Louis commençaient tout juste à sourire de leurs anciens malentendus.

Jean, Léonora et les enfants s'installèrent dans une confortable maison que Louis Lebesque mit à leur disposition.

Les années passèrent.

Jean chercha d'abord à exercer son métier au village mais les gens de mer n'avaient pas d'argent à perdre pour soigner leur corps et couraient chercher le curé quand ils sentaient la mort approcher. Alors, il était reparti vendre son savoir là-bas, près de Nantes où la clientèle lui était fidèle. Il n'avait pas demandé à Léonora de le suivre. Elle n'avait pas proposé de l'accompagner. Il revenait de temps en temps, écrivait de longues lettres auxquelles elle répondait tranquillement, donnant des nouvelles de Catherine et de Jason, glissant çà et là un mot de tendresse. Elle l'attendait sans impatience, immobile comme un bateau à l'ancre.

Et les enfants continuaient de grandir.

Chapitre 2

En bas de la pente, le soleil frappait dur. Jason se couvrit la tête d'un carré d'étoffe. En serrant le nœud, il pensa que les pirates des mers chaudes avaient le même geste avant d'arraisonner un navire.

Tu vois cette voile qui vient vers nous ? Droit dessus, mon gars ! Ah ! Ah ! De l'or, de la malaguette*... Qui sont-ils à bord ? Ceux qu'on attend, pardi ! Qui reviennent de l'autre côté du monde.

Il serra les poings : Grand Dieu ! Voir ce qu'ils ont vu ! Sortir de cette baie trop petite, respirer enfin...

* Malaguette : sorte de poivre récolté en Afrique.

Il gonfla le torse et prit une allure décidée. Un coup d'œil en arrière lui assura qu'il avait devancé Catherine. Personne alentour ; le village semblait dormir. Seul, le bourdonnement des mouches agglutinées sur les débris de poisson agitait l'air épais. Sur la berge, les mouettes semblaient figées. Jason leur lança une poignée de cailloux. Cette attente immobile devenait insupportable.

Ils étaient vingt hommes à bord du bateau que l'on attendait. Vingt hommes qui savaient tout faire : recoudre une voile, grimper dans la mâture, mouiller une ligne par trente brasses de fond, casser le sel à la pioche et «habiller»* la morue...

La morue! Un poisson tout en or, disait Louis Lebesque, l'oncle de Jason. Là-bas, de l'autre côté du grand océan, les morues étaient chez elles, si nombreuses que les flots en bouillonnaient. Séchée, salée, cette nourriture nouvelle se conservait bien et les gens des villes raffolaient de sa chair blanche qui remplaçait avantageusement les harengs saurs de Carême. Louis Lebesque, toujours à l'affût de bonnes affaires, avait misé gros. Avec quelques notables

---

* «Habiller» la morue : préparer la salaison.

des environs, il avait armé la *Grande-Françoise*, un navire bien bâti qui avait rejoint au printemps dernier le convoi des Bretons en partance pour Terre-Neuve. Et voilà que ceux de Saint-Malo étaient rentrés depuis quelques jours, annonçant le retour des autres...

Jason soupira. Il avait l'âge de partir. Il aurait tellement voulu embarquer mais Léonora s'était dressée comme une furie contre cette idée.

Un jour sur la grève, elle avait assisté à l'étrange baptême d'un jeune mousse avant son départ. Les plus grands l'avaient fait boire, puis dévêtu de force, roulé dans le sable jusqu'à ce que le sang perlât sur la peau, pour l'abandonner ensuite, à demi inanimé, dans un trou où il manqua se noyer. Horrifiée, Léonora l'avait tiré de là et ramené chez sa mère. Mais lorsqu'elle voulut clamer son indignation, les femmes esquissèrent un sourire résigné et les hommes se moquèrent franchement de son extrême sensibilité. Dans tout le village, on sut bientôt que l'« Étrangère » avait le cœur trop tendre et les gens ne la saluèrent plus que de loin. Léonora avait ravalé sa colère tout en jurant bien haut que ses enfants ne subiraient pas le même sort. Elle avait tenu parole.

Jason tressaillit. Catherine venait de laisser

tomber à ses pieds les sabots qu'il avait jetés dans la descente. Il ne l'entendait jamais venir et ces brusques apparitions le déconcertaient. Il lui pressa l'épaule en guise de remerciement.

— As-tu pensé, dit-elle en se dégageant, qu'ils sont partis depuis la Chandeleur. Ils n'ont pas vu le grain mûrir, ni le lin en fleur…

— Tais-toi donc, supplia Jason, ils ont vu ce que tu ne verras jamais ! Eux, ils savent comment le soleil se couche là-bas. Ils vont nous dire si c'est vrai que les forêts sont toutes noires, si les cerfs ont vraiment des bois plus larges que le portail de notre église ! Et aussi comment sont ces hommes rouges qui n'ont ni barbe ni poil* ! Il paraît qu'ils portent leurs bateaux sur une épaule ! ajouta-t-il avec une moue.

— Et puis alors ! Ça ne les empêche pas de manger de la morue comme nous, et depuis bien plus longtemps ! Sûrement que ces pays-là sont aussi vieux que le nôtre ! Je ne vois pas pourquoi on dit toujours le «Nouveau Monde» !

* Nous sommes en 1542 environ ; depuis les premiers voyages de Jacques Cartier vers le Canada, parti de Saint-Malo en 1534 et 1536, les villageois des bords de la Manche connaissent l'existence des Amérindiens.

Catherine ne pensait jamais comme les autres et cela exaspérait Jason.

Quelques minutes plus tard, ils soulevaient à la porte de Louis Lebesque le heurtoir à tête de dauphin. L'oncle parut en chemise à la fenêtre de l'étage.

— Thomassine aura encore tiré le verrou, grommela-t-il, la pauvre vieille devient sourde comme un pot et elle se met à avoir peur de tout ! Passez par-derrière, mes enfants, et prenez soin de refermer la porte afin de garder la fraîcheur.

Catherine et Jason se glissèrent dans la remise aux charrettes et gagnèrent la cour. Catherine tira de l'eau au puits pour se rafraîchir. Penchée au-dessus du seau qui lui renvoyait son image, elle tenta un instant de lisser ses cheveux. Et puis à quoi bon ? L'oncle ne verrait rien ; il n'avait même pas remarqué ces derniers temps qu'elle avait abandonné le vêtement usuel des fillettes pour une jupe et un corselet de femme !

Dans l'échoppe au rez-de-chaussée, il y avait tout un fatras de barils, de nasses, d'ancres et de poulies prises dans des cordages. La porte basse, qui donnait sur le cabinet où l'oncle tenait ses registres, était entrouverte. Jason s'empressa de la refermer. Il n'aimait pas cette chambre minuscule dans laquelle il était confiné chaque matin. Depuis qu'il savait lire et écrire, son oncle l'employait à tenir les comptes. N'ayant pas d'héritier, Louis Lebesque avait choisi son neveu pour lui succéder et espérait faire naître en lui le goût du commerce. En échange de ces services, dont Jason s'acquittait fort mal, il versait une pension à Léonora.

Louis Lebesque s'était marié jeune, du vivant de son père, mais son épouse était morte en couches, emportant le petit avec elle. Trop occupé par la mer et les bateaux, il n'avait pas repris femme. Il habitait seul les deux vastes chambres à l'étage supérieur de la maison. Thomassine, qui le servait, logeait dans la soupente. Les jours de lessive et de grand nettoyage, une fille du village venait aider la vieille servante.

Pour Jason, ces matins-là passaient plus vite que les autres. Oubliant les colonnes de chiffres, il portait son attention à écouter le pas de la jeune lavandière dans l'escalier et sentait son sang s'échauffer quand elle frôlait de sa jupe la porte du petit cabinet. Un jour, n'y tenant plus, il bondit au moment où elle passait. Elle fit un pas sur le seuil avec un sourire moqueur, déhanchée par le poids du panier de linge. De sa main libre, elle jouait avec un bijou qu'elle portait en pendentif. Jason envia cette main posée dans l'échancrure de la chemise, là où ses seins se soulevaient au rythme de sa respiration. Il tendit un bras mal assuré vers la corbeille pour s'emparer du fardeau qu'il alla déposer sur la margelle du puits. De retour dans le cabinet, il ferma le livre : jamais les chiffres de l'oncle ne lui avaient paru plus rebutants.

Dès le lendemain, il crut entendre la jeune fille appeler de la cour. Il se précipita. Debout dans la grande cuve de bois, elle pétrissait les draps mouillés de ses pieds nus en tenant sa jupe relevée au-dessus des genoux. Sans interrompre sa danse, elle lui cria de verser un seau d'eau dans le baquet. Jason y mit tant d'ardeur que l'eau gicla partout, inondant les jambes nues de Madeleine. Elle renversa la tête en arrière et rit à pleine gorge. Comment résister ? D'un bond, il sauta dans le bac et se mit à fouler avec elle les draps que l'oncle voulait immaculés. Leurs pieds se rencontraient à chaque mouvement. Ondulante, Madeleine s'approchait, s'esquivait. Brusquement Jason s'accroupit dans l'eau grise, mordilla ses mollets, plaqua sa bouche dans le pli du genou.

Madeleine ne riait plus ; elle avait lâché sa jupe et ses doigts se crispaient dans les cheveux de Jason.

Thomassine, qui sortait de la maison à cet instant, remercia le garçon de son aide.

— Heureusement qu'elle a la vue basse ! murmura-t-il entre deux baisers à l'oreille de Madeleine. Et, sous prétexte de faire sécher ses chausses, il s'installa au soleil pour caresser son amie du regard.

Depuis ce jour, Jason et Madeleine se retrouvaient de temps en temps dans une cachette de la falaise. Jason n'en avait soufflé mot à personne, pas même à Catherine.

— Que me vaut cette visite ? s'enquit Louis Lebesque en descendant lourdement l'escalier. J'imagine que vous ne venez pas sans une excellente raison troubler la sieste de votre vieil oncle !

Jason avait ôté son couvre-chef improvisé qu'il tortillait avec nervosité.

— La *Grande-Françoise* sera là avant la nuit.
— Qui vous l'a dit ?
— Personne ! On l'a vue du haut de la falaise.
— Et tu l'as reconnue de si loin ? Quelle bonne vigie tu ferais, mon garçon ! Hélas ! Je ne peux pas en dire autant de tes comptes d'hier… Mais

laissons cela et allons voir si ton œil ne t'a pas trompé.

Il endossa un vaste pourpoint et, prenant appui sur l'épaule de son neveu, s'engagea dans la pente raide qui descendait au port. Plus massif que son frère Jean, le poil grisonnant et le même regard bleu acier, il n'avait qu'une seule coquetterie : il portait le cheveu ras et la barbe courte, comme le voulait la mode à la cour du roi François.

Catherine ne les suivit pas longtemps. Une mauvaise poigne lui serrait le cœur. Une fois de plus, Jason allait porter tout seul la gloire de la découverte et c'est en s'appuyant sur son épaule à lui que l'oncle allait à la rencontre de son navire ! Elle les regarda s'éloigner : l'oncle boitait de plus en plus. Il s'était brisé la jambe un soir de tempête et, l'âge venant, la douleur ne le lâchait plus. Louis Lebesque avait roulé sur toutes les mers du globe où il avait gagné le surnom de « Grand Louis ». Parce qu'il avait, lui aussi, peiné à la manœuvre, les pêcheurs de haute mer le tenaient en estime, même s'ils jalousaient le joli magot qu'il avait ramené de ses années d'errance. Mais que la fortune des Lebesque allât dans les mains de l'« Étrangère » et de son bon à rien de fils, voilà qui ne plaisait pas au village! Louis s'en souciait peu. Il jouissait de ses vieux jours et se préparait sereinement à affronter sa dernière tempête.

La chaleur baissait. Le village se réveillait. Des enfants jaillissaient sur les seuils, sautaient d'une maison à l'autre avec des paniers de galets plats et des poupées de bois. Un homme essoufflé courait dans la côte.

— La *Grande-Françoise*! articula-t-il.

— C'est bien! Mais on m'a déjà porté la nouvelle! fit Louis Lebesque en serrant l'épaule de Jason.

À quelques pas de là, une femme, qui arrosait un carré de potager, s'était redressée. Le Grand Louis l'apostropha par-dessus le mur:

— Allez, Marie Letourneur! Laissez donc vos légumes! Pas de soupe ce soir! Votre homme est de retour! Envoyez votre garçon prévenir les plus proches. Mon charretier se chargera des autres.

— Oh! Monsieur Louis! Que saint Nicolas ne vous entende pas! On pourrait avoir du malheur! Qu'est-ce que vous en savez s'il est à bord, mon homme? J'ai bien prié la Sainte Vierge mais la mer en a pris tant d'autres...»

Elle oscillait entre l'espoir et la peur. Et il ne pouvait rien pour l'aider. Personne n'y pouvait rien, tant que le bateau serait trop loin pour qu'on pût compter les silhouettes sur le pont. Les épouses des marins ne montaient jamais sur la falaise pour scruter la mer. Elles avaient appris la patience. Résignées, elles récoltaient le varech, binaient la terre pour nourrir les petits qui partiraient à leur tour...

Chapitre 3

Un frémissement parcourut la foule, suivi d'une exclamation sourde.

L'étrave* était dans la passe! L'étrave, puis le mât de misaine**, le grand mât... Toute la coque se découpait maintenant sur la roche, à l'entrée du bassin.

Sur le pont, des ordres brefs, des gestes rapides. Dans la mâture, les hommes serraient les voiles. Le bateau vira lentement sur sa voile d'artimon pour accoster contre le courant.

— De la belle ouvrage!
— Sûr! C'est Thomas qui pilote!
— Oh! Celui-là connaît son métier.

Louis Lebesque eut un soupir de soulage-

* Étrave: pièce saillante à l'avant d'un navire.
** Mât de misaine: mât avant.

ment. Un simple coup d'œil lui avait suffi pour évaluer le poids de la cargaison et l'état du navire.

Puis il y eut un murmure angoissé, repris par toutes les bouches :

— Il en manque un !

Les femmes se signèrent.

La *Grande-Françoise* n'était plus qu'à quelques brasses. D'instinct, la foule recula. Seule, une poignée d'hommes resta au ras de l'eau pour recevoir les amarres. Encore quelques manœuvres et le navire touchait la terre. Louis Lebesque s'avança, étreignit Thomas, le pilote, qui venait de sauter du bord.

— Pas de mauvaises rencontres ?

— Même pas ! Tu sais bien que les forbans ne chassent pas les gens comme nous... La morue qu'on transporte, c'est pas assez beau pour eux. Préfèrent courir le vin ou le sucre de Madère !

Le capitaine de pêche débarquait à son tour.

— T'en as combien ?

— Dix sept milliers et cinq cents*. Et de la belle !

— Il te manque un homme ?

---

* On compte alors la cargaison de poissons à la pièce et non au poids.

— Non… mais il n'est pas beau à voir ! C'est Pierre Letourneur. Il a le ventre gonflé comme une outre. Depuis qu'on a passé l'île de Batz, il ne sait plus ce qu'il dit…

On s'empoignait sur le quai. Épuisés, les yeux rougis par le sel, les marins frottaient leur visage barbu contre d'autres visages. Des exclamations, des sanglots… mais les mots ne venaient pas. Entre les époux qui se regardaient sans rien oser, les retrouvailles n'étaient pas faciles.

Le père Anselme, le curé de la paroisse, venait d'arriver. Il serrait les mains, clamait des paroles de bienvenue. Il lui fallait, au plus vite, reprendre le contrôle de ces âmes qui avaient vécu sans le secours de Dieu pendant de longs mois. Il glissa à l'oreille des uns et des autres que son confessionnal les attendait puis il se précipita vers Marie Letourneur qui, debout près du navire, attendait de voir son homme. Des prières silencieuses couraient sur ses lèvres blanches. On appela à l'aide depuis l'entrepont. Elle joignit les mains. Enfin, le malade fut hissé le long de l'échelle, ficelé sur une civière de fortune. Livide, les cheveux collés par la sueur, il tenait son ventre en geignant et clignait des yeux sous la lumière crue. Elle se pencha, l'appela doucement, voulut le toucher. Il ne la reconnut pas. Ne sachant où poser les mains, elle se redressa et laissa les marins l'emporter. Un bref instant, la foule s'ouvrit devant le petit cortège pour se ressouder aussitôt. Demain, il serait bien temps de regarder en face le malheur des autres.

— Mon petit! Mon garçon! répétait Marie Hamel, la mère du mousse, en palpant les épaules de son fils. Le garçon avait grandi d'une demi-tête pendant son absence et portait désormais comme un défi le surnom de «Petit Louis».

Très vite, le mousse se dégagea, évitant le regard mouillé de tendresse. Depuis six mois, il n'avait reçu ni baiser ni caresse. Au début du voyage, il avait appelé sa mère en secret quand l'océan rugissait comme une grosse bête malfaisante. Et puis il avait serré les poings et ravalé son désespoir. Sans broncher, il avait dormi sur la dure après que les marins eurent jeté sa paillasse par-dessus bord et il avait ri avec eux de leurs plaisanteries sur les femmes. À présent il était trop tard pour se serrer contre celle qui l'avait mis au monde. Il s'éloigna, emporté par un groupe de son âge, distribuant çà et là des bourrades qui dissimulaient son émotion. La mère resta les bras ballants, murmurant pour elle même :

— Regarde, il marche comme son père ! Et ses mains ! Des mains d'homme !

On avait dressé des tables devant l'auberge. Les femmes y servaient du vin, de la galette et de la cervoise. En la circonstance, Angèle, l'hôtesse, ne regardait point à la dépense car elle savait que sa clientèle des jours à venir dépendait de son accueil du moment. Saluée par des applaudissements, elle déposa une pile de crêpes en annonçant que c'était gratuit pour ceux qui venaient de débarquer. Entre deux rasades, les marins mordaient avidement dans la pâte molle. Le mélange de miel et de beurre frais qui leur emplissait la bouche avait la saveur de leur enfance, l'odeur de la cuisine familiale. Bien mieux que toutes les paroles de bienvenue, ce goût qu'ils redécouvraient leur donnait de la chaleur au ventre ! Peu à peu les gorges se dénouaient, les corps se rapprochaient.

La fête battait son plein lorsque l'on vit arriver une charrette attelée, portant un tonneau. Le Grand Louis se hissa sur l'essieu et tonna pour imposer le silence :

— Notre châtelain, le sire de Mauriencourt,

nous fait l'honneur de sa visite et offre à chacun une bolée de son meilleur cidre!

Il y eut des acclamations, et quelques jurons que Louis Lebesque feignit d'ignorer. Après avoir posté Jason près de la barrique avec ordre de remplir les pichets, il se porta à la rencontre du gentilhomme. Trop heureux d'avoir enfin un rôle à jouer, Jason veillait à ne pas perdre une goutte du liquide blond tout en résistant à la bousculade. Surgie d'on ne sait où, Madeleine proposa son aide et se mit à brandir les pichets en roulant des hanches. Au milieu d'un groupe de jeunes à la trogne empourprée, Petit Louis réclama bien haut son dû. Après une lampée, le mousse fit claquer sa langue.

— Dame! C'est autrement bon que l'eau pourrie que l'on avait à bord. Ça vous court dans le sang et ça sent bon le pays!

— Conte-nous quelques histoires! proposa Madeleine en lui servant une seconde rasade.

Petit Louis se rengorgea. Ce moment le payait de ses misères.

— Pour un début, ça commençait fort: quarante jours de mer et deux coups de chien! La *Françoise*, elle roulait d'un bord à l'autre. Et moi, là-dessus, je tenais pas debout! Le grand hunier a craqué par le milieu. Alors on a ravaudé* pendant deux jours. Je n'avais pas embarqué pour faire des travaux d'aiguille, moi ! Et j'ai bien soupiré après des petites mains expertes !

Madeleine eut un rire de gorge. Pour écouter à sa guise, elle avait posé les pichets et elle tournait lentement son pendentif dans l'échancrure de sa chemise.

— Là-bas, c'est comment ?

— Ah ! Là-bas ! De loin, on pourrait croire que c'est la côte de chez nous, les arbres en moins, s'il n'y avait pas ces montagnes de glace qui te surgissent sous le nez. Ça fait froid dans le dos, je peux bien le dire... surtout quand c'est la nuit...

— T'es allé à terre au moins ?

— Tu penses bien ! On a tué tout plein d'oiseaux noirs, bons à rôtir et à saler. Mais gare à tes mollets ! Ils nichent avec d'autres qui mordent comme des chiens ! Une de ces saletés m'a entaillé le bras ! Il leva la manche pour montrer une cicatrice, longue de deux pouces.

— Et des monstres ? demanda Jason qui s'était adossé au tonneau de cidre.

Petit Louis s'esclaffa.

* Ravauder : raccommoder à l'aiguille, rapiécer.

— Les monstres, ils sont dans les livres! Pour faire peur à ceux qui savent lire et qui ne prendront pas la mer! On ne trouve pas plus de monstres dans ces eaux-là que de crapauds dans le lit d'une pucelle! Des loups de mer, des baleines, ça oui! Et puis des morues!

Il s'étrangla de rire.

— À moins que tu prennes les morues pour des monstres, mais c'est pas ce que dit ton oncle!

— Et si tu nous disais plutôt comment sont les sauvages! fit une voix nette derrière la charrette. Catherine se faufila parmi eux et se planta en face de Petit Louis. Elle paraissait menue à côté de Madeleine, mais sans fragilité.

— Tu les as rencontrés? Tu as eu peur?

Madeleine lui jeta un regard outré que surprit Petit Louis, ce qui eut pour effet de lui rendre son aplomb.

— Sûr que j'en ai vus! Ils sont féroces comme tout! Avec des cicatrices larges comme le pouce! Ah çà! Ils savent se battre! Mais leurs bateaux... Il eut une moue de profond mépris avant de reprendre: On leur vendrait n'importe quoi! Ils viennent vers nous avec des fourrures et des dents de morse et ils s'en retournent avec des mauvais couteaux de fer. Ils sont contents comme ça!

— Les femmes de là-bas ? Elles parlent avec les étrangers ? souffla Madeleine qui ne lâchait pas le mousse des yeux.

— Parler ! ricana-t-il. Comment veux-tu parler avec ces gens-là ? Les femmes vous frottent les bras et après elles lèvent les mains vers le ciel. Va savoir pourquoi !

Il prit le ton de la confidence comme s'il ne s'adressait plus qu'à elle :

— Certaines m'ont fait des cadeaux... Des bracelets, des bijoux ! Je te montrerai...

Madeleine acquiesça en silence. Jason lut sur son regard une lueur secrète qu'il connaissait bien. Vengeur, il lança :

— Fallait-il qu'elles n'aient pas le nez fin pour s'approcher d'un gars qui pue l'huile rance à trois brasses !

L'œil émoustillé de Petit Louis prit l'éclat d'une lame.

— C'est que là-bas, personne ne vit dans la dentelle ! Et ici non plus, sauf ceux qui sont nés dedans ! Ah non ! Chez toi ça ne pue pas ! Ça sent seulement la sueur des autres ! Et je me demande bien quelle belle fille ici voudrait d'un gars comme toi qui tète encore le lait de sa nourrice ?

La riposte avait giclé comme un crachat et

sans doute Petit Louis l'eût accompagnée du geste s'il ne mâchonnait en même temps un reste de crêpe. Jason ne sut que bredouiller :

— Va te laver Petit Louis, on causera plus tard !

— Ah ! Ah ! Sûr qu'on causera plus tard ! Et toi, retourne-t'en vite dans les jupons de ta mère. La voilà justement qui vient te quérir pour la soupe du soir ! Et surtout, prends garde à tes mains en rompant ton pain, tu pourrais les salir !

La bouche tordue par un mauvais rire, il disparut derrière les buveurs attardés autour de la charrette.

Grisée, repue, la foule s'effilochait dans les ruelles et s'arrêta sur le passage d'un élégant trio. Léonora descendait à petits pas vers la grève en compagnie de Louis Lebesque et du sire de Mauriencourt, qui possédait une bonne partie des terres alentour. Le Grand Louis, pour pallier la faiblesse de sa jambe, s'appuyait sur le bras qu'elle lui offrait. Bien que petite et vêtue de sombre, Léonora attirait les regards. Du corselet qu'elle portait ajusté sur la taille et le buste, dépassait la dentelle délicate d'une fine chemise de lin. Léonora aimait le beau linge. La brodeuse experte qui avait émerveillé Jean Lebesque quinze ans plus tôt n'avait rien perdu de son talent. Elle confectionnait pour la riche clientèle des villes et des châteaux des bonnets, des parures que l'on s'arrachait à prix d'or. La dame de Mauriencourt, nostalgique de ses jeunes années à la cour de la reine Anne*, requérait les services de Léonora pour son linge de corps, ce qui lui valait la réputation d'être la femme la plus raffinée de la contrée. Le succès ne grisait pas Léonora qui continuait paisiblement son ouvrage.

En marchant à petits pas, elle écoutait la conversation des deux hommes.

— Monsieur de Mauriencourt, je les aurai vos arbres, ne vous en déplaise ! C'est moi qui en ferai le meilleur usage ! disait Louis Lebesque.

— Mes plus beaux chênes, à ce prix ! Vous n'y songez pas ! rétorquait le châtelain.

— Vendez-les-moi, insista le Grand Louis, avant que le roi ne vous les prenne. Il a besoin de bois pour sa marine ! Il était grand temps qu'il comprenne que la fortune de demain, pour

---

* Anne de Bretagne fut deux fois reine de France : d'abord épouse de Charles VIII (1483-1498) puis de Louis XII (1498-1515). Elle mourut en 1514. C'est de la cour de Blois, lors de son second mariage, qu'il s'agit ici.

le royaume tout entier, est sur la mer océane. Maintenant qu'il a fini ses ruineuses guerres en Italie, notre roi peut regarder l'horizon vers l'ouest. Je ne l'en blâmerai point... mais ces arbres je les veux pour mon prochain navire! Pensez-y, Monsieur de Mauriencourt, et je baptiserai ce navire du prénom de votre épouse, en l'honneur de vous...

— La *Belle-Rosamonde* et la *Grande-Françoise* murmura le sire de Mauriencourt, il est vrai que cela sonne joliment!

Puis il reprit à voix haute:

— Avez-vous pensé que les navires portent souvent des prénoms de femme?

Louis Lebesque rit de bon cœur.

— Vous pourriez l'appeler le *Grand-Gilles* si cela vous chante mais la pêche serait moins bonne! Sachez qu'ils abandonnent ici tout ce qu'ils aiment, ces hommes qui partent. Laissez-leur le doux prénom de votre épouse, pour rêver... N'avez-vous jamais pris la mer, Monsieur de Mauriencourt?

— Je me suis contenté de faire la guerre, en Italie, avec les armées du roi François. Savez-vous que les artilleurs donnent aussi des prénoms à leurs canons, qu'ils leur parlent, les félicitent quand le coup a bien porté ? Et ils lèvent le poing contre les canons ennemis lorsqu'un de leurs camarades meurt dans leurs bras, la poitrine trouée par un boulet... Mais revenons à nos affaires, dit-il en ralentissant le pas, je réfléchirai à votre proposition. Mon épouse serait ravie de savoir que son prénom traverse l'océan...

Ils se séparèrent devant le navire.

La *Grande-Françoise* était silencieuse, désertée par son équipage qui n'aspirait plus qu'à s'abandonner entre des draps frais. Léonora resta à quelques pas du navire et chercha ses enfants des yeux.

Assise le long du quai, Catherine contemplait le ciel. Jason avait disparu. Léonora s'apprêtait à rentrer, lorsque Louis Lebesque l'appela du navire où il s'appuyait sur l'épaule de Thomas, le pilote.

— Léonora, aurai-je le plaisir de vous offrir le souper avant mon départ ?

— Vous partez ?

— Nous allons décharger à Rouen, comme l'an passé. Mais cette fois-ci, je tiens à surveiller moi-même les trieurs ! La saison dernière, ils nous ont roulés! De la morue marchande comptée comme de la petite*! Une misère!

Catherine s'approcha.

— On mangera quoi, mon oncle?

— De la morue, pardi! Thomassine la cuisine à merveille. Ne fais pas cette moue, la Chevrette : tu t'en lécheras les doigts! Et aussi du veau gras ou quelque rôti, car ce n'est point Carême... Et des douceurs en sus pour arrondir tes hanches. Il serait bien temps que tu ressembles à une fille!

— Mardi? proposa Léonora.

— Soit! Et nous partirons sitôt après la fête du retour! Cette tournure du temps ne sied guère au poisson.

— Point de souci, mon oncle! fit Catherine, demain verra le vent changer. L'horizon était bien trop clair, ce soir, pour une veille de beau temps.

---

* Au XVIe siècle les premiers bateaux revenant de Terre-Neuve déchargent leur cargaison de morues à Rouen, grand port recevant les navires de haute mer. La marchandise est ensuite acheminée vers Paris par la Seine. Les morues salées sont vendues, non pas au poids, mais comptées et triées en deux catégories : la marchande, de belle taille, qui se vendra bien, et la petite, de moindre qualité.

— Mardi donc! reprit le Grand Louis. Deux jours ne seront point de trop à Thomassine pour apprêter les plats. Et il faut que la morue dessale! Je vais lui en faire porter un plein panier dès ce soir!

Il disparut avec Thomas à l'intérieur du navire.

Sans écouter l'appel de sa mère, Catherine s'engouffra à la suite de son oncle.

En haut de l'échelle, elle hésita: il montait de la cale un air chargé de saumure et d'huile rance qui lui rappelait Petit Louis. Dans l'entrepont, l'odeur était pire encore. Ceux qui venaient de débarquer avaient vécu et dormi dans ce trou tandis qu'elle s'ébrouait sous le soleil du printemps ou s'assoupissait au chaud dans le grand lit de la chambre...

De retour sur le pont, elle respira mieux. Les trois mâts se balançaient doucement dans le ciel sombre. La brise du soir agitait les agrès. Partout des frôlements, des craquements et le halètement sourd du navire.

— Catherine! gronda Léonora.

Docile, la jeune fille regagna le quai presque désert et prit le bras de sa mère.

Non loin de là sur la plage, Madeleine était agenouillée au ras de l'eau. Des risées se levaient sur la mer. L'orage viendrait peut-être cette nuit. Les poings serrés, elle écouta les pas de Jason se rapprocher. Très vite, il fut contre elle, l'enveloppa de ses bras, posa la tête contre son ventre. Elle ne bougea pas. Pour lui plaire encore, il se voulut poète et chercha des mots qui la feraient rire :

« Écoute, ma merveille,
cette ode à ton oreille :
La Grande Ourse cherche le sommeil,
la Petite Ourse lui chatouille les orteils.
Quant à l'étoile du Nord, elle pâlit de désir
mais de toute la nuit n'ose se dévêtir
car des hommes la regardent de leur navire !
Qu'en dites-vous, ma muse ?
Que je vous amuse ?
Et si j'abusais... »

Il lui vola un baiser dans le cou, un autre au coin de la bouche. Il attendait son rire, au moins un sourire, qui ne vint pas.

— Tu ne me veux plus ?

Le rire de Madeleine jaillit cette fois. Un rire aigu et saccadé. Pour toute réponse, elle ouvrit le poing. Une pierre blanche y brillait.

— Mais qu'est-ce que ce caillou...

— Un caillou ! Regarde donc, dadais ! C'est de la dent de morse. Les femmes des terres nouvelles y gravent leurs rêves en attendant le retour des hommes...

— Sais-tu seulement ce qu'est un rêve, Madeleine? demanda tristement Jason.

— Peu m'importe! fit-elle, coquette, devine plutôt celui qui m'a donné ce petit morceau de là-bas!

Et, caressant l'ivoire poli:

— Si tu veux mon bras à la fête de dimanche, il faudra m'apporter mieux que cela, beaucoup mieux!

Chapitre 4

Thomassine écarta une bûche et remonta la marmite. Un fumet d'aromates et de poisson remplissait la cuisine de Louis Lebesque. Elle goûta le bouillon : c'était bien.

La vieille servante se redressa en geignant. Le changement de temps avait réveillé ses douleurs. Après l'orage, le vent avait fraîchi. Les rafales charriaient de lourds nuages qui crevaient sur la côte et l'humidité s'insinuait partout. En une seule nuit, l'été était mort.

Elle enfourna prestement un plat en entendant les voix des convives dans l'escalier. Arrivée la première, Catherine planta un baiser sur la joue ridée, fureta dans la cuisine, soulevant tous les couvercles.

— Tu as fait des huîtres ?
— Oui ma Chevrette ! Un civet d'huîtres ! Mais ne va pas mettre ton nez partout...
— À la bonne heure ! s'écria Louis Lebesque, des huîtres en civet ! Thomassine va nous apprendre comment l'on soupe à Paris !
— Mais c'est bien la dernière fois, Monsieur Louis, soupira la vieille servante, Thomassine n'a plus l'âge de vous cuisiner toutes ces fantaisies !
— Si Jean était là, il te donnerait un de ses breuvages remontants ! dit Léonora.

Catherine sursauta. Si Jean était là ! Léonora répétait cela souvent et sa voix ne contenait pas d'amertume. Avait-elle vraiment envie qu'il soit là ? En l'attendant, elle brodait, faisait du beau sans relâche, mettant une perle sur une tache, créant une fleur à partir d'un point de rouille...

— Ai-je tout mon monde ? claironna le Grand Louis. Mais où est donc Jason ?
— Je ne l'ai pas vu de la journée, soupira Léonora. Hier non plus.

Jason frappait de mieux en mieux. Au début il s'était contenté de rendre les coups, puis ses épaules et ses jambes s'étaient déliées.

Maintenant il sentait la hargne guider ses poings. Plus ça faisait mal et moins il avait peur. La bagarre avait commencé si vite. Petit Louis avait surgi d'une encoignure et Jason l'avait accueilli avec un croc-en-jambe. Il aurait eu le temps de détaler mais il n'y avait pas songé. Ils ne parlaient pas. Pas même un juron. Les mots ne servaient plus à rien. Il suffisait de lever le poing et de viser la trogne de l'autre. Une sale trogne, vraiment, avec des petits yeux vifs, cernés de cils presque blancs ! Pouah ! Cette peau trop pâle aux endroits que le soleil et la mer n'avaient pas tannés ! Et ce cou trop court ! Il cherchait à atteindre le menton, à faire saigner…

Il se recroquevilla, le souffle court. Petit Louis cognait en vraie brute. Six mois de mer lui avaient fait les muscles secs comme des haubans*. Il savait où lancer le poing, visait le ventre ou le nez, cherchait du genou l'entrecuisse. Moins fort, Jason avait pour lui sa colère : une boule brûlante qui explosait enfin et le poussait à abîmer l'autre. Il y aurait mis les dents et les ongles s'il avait pu ! Que Madeleine

* Hauban : cordage tendu servant à faire tenir le mât vertical.

ait demain, en découvrant le visage bleui du matelot, le même rire de mépris qu'elle avait eu dimanche sur la plage. Ah! Ce rire! Il lui avait fallu deux jours pour en digérer la honte. Pendant ces deux jours, il avait cherché Madeleine partout, au lavoir, à la fontaine, à l'auberge où elle rendait parfois des services et même à l'église... Partout elle avait laissé des traces de son passage : le seau marqué à son nom sur la margelle du puits, un mince ruban au seuil de l'auberge... Même leur lit de bruyère dans la falaise avait été dérangé. La haine avait remplacé la honte. Il en était soulagé. Madeleine aurait son cadeau avant la fête du retour. Et lui aurait sa danse. Devant tous. Le reste ne comptait plus. L'envie de frapper remplissait désormais tout le vide qu'il avait en lui et il sentait que cette énergie neuve dépassait le simple désir qu'il avait de garder Madeleine.

Il écoutait, haletant, le sang siffler dans ses oreilles. Petit Louis l'agrippait aux épaules. Il se dégagea, esquiva tant bien que mal un coup de pied et redressa la tête. L'autre tournait le dos à un angle du mur ; à la hauteur de sa nuque une pierre saillait. Jason rentra le cou dans les épaules et se jeta en avant. Trop tard! Petit Louis avait tendu la jambe ; Jason prit le sabot en pleine poitrine. Il s'écroula dans la boue. L'instant d'après, le mousse était sur lui, lui bourrant les côtes de coups de pied. Puis il lui cracha au visage et s'éloigna. Arrivé au coin de la ruelle, il revint sur ses pas, écarta les jambes et pissa sur lui avant de s'enfuir pour de bon.

Jason resta immobile un long moment. Le choc résonnait à l'intérieur de son corps avec une telle force qu'il semblait près d'éclater. La douleur l'empêchait de penser et, dans l'immédiat, il se fichait complètement d'être trempé d'urine.

Il se mit à trembler et dut agripper ses genoux avec ses mains. Une pluie fine humectait son visage et s'accrochait dans ses cils, formant un écran de larmes froides, étrangères.

Il éprouva le besoin de s'immerger tout entier. Se dresser sur ses jambes lui prit un temps infini. Une fois debout la nausée le plia en deux. Il attendit. Lentement, en se tenant aux murs, en s'agrippant aux haies, il finit par gagner la plage. Il entra tout habillé dans l'eau noire. La mer était plus chaude que la pluie. Incapable de nager, il s'allongea tout près du bord et se laissa ballotter par le ressac. L'eau calmait ses doigts gonflés, ses épaules endolories, tandis que le sel irritait les écorchures. Mais il fallait que le nettoyage fût plus complet! Il se déshabilla, râpa son ventre et ses reins sur le sable comme pour se débarrasser d'une vieille peau. Et il but, autant qu'il put, pour laver l'intérieur aussi. Il était presque heureux. Il se redressa, posa un pied puis l'autre. Il se rappela qu'on l'attendait chez l'oncle. Pour un souper de poisson. Pouah! Tout ce qui sortait de ce navire lui levait le cœur. Il grelottait à présent. D'abord se réchauffer le ventre. Attraper au passage le sourire commerçant de la grosse Angèle et s'en contenter pour le moment. Chancelant, il prit le chemin de l'auberge.

Sur le port, des enfants couraient malgré la nuit.

— Pierre Letourneur a passé! Pourras-tu porter la nouvelle à ton oncle?

Il fit signe que oui et se boucha les oreilles pour couvrir le claquement de leurs sabots qui lui vrillait la tête. À la porte de l'auberge, il eut un sursaut et se rejeta dans l'ombre: Madeleine était là, debout auprès d'une table. Que faire, à présent? Hésitant, il longea le mur de côté en se tâtant le visage. L'œil à demi fermé et la bouche gonflée ne le mettaient pas à son avantage… Brusquement il se heurta à une masse chaude. Deux chevaux soufflaient leur haleine contre le granit mouillé. Jason se glissa entre eux, se frotta contre leur chaleur. L'un d'eux semblait être une bête splendide. Il passa la main dans la crinière humide. Inquiet, l'animal tirait sur son licou. Jason l'apaisa de la voix tout en ramassant une poignée de paille pour lui sécher les flancs.

— À qui es-tu, toi ? Pas au dernier des gueux !

La selle était de beau cuir et l'on avait négligemment jeté dessus un manteau dont le toucher moelleux aurait fait pâlir d'envie n'importe quelle coquette. Il allongea le bras vers le poitrail. Le poil y était sec et soyeux. Ses doigts agrippèrent une lanière. Au bout pendait une petite besace. Sans hésiter, il dénoua le lien. Ses doigts raides agissaient maladroitement ; il dût s'y reprendre à plusieurs fois. Heureusement, on n'y voyait pas à quatre pas et son oreille en éveil guettait le moindre bruit. Il étendit le manteau à terre pour y déployer sa trouvaille : un livre minuscule, une plume, un rouleau de papier… La belle affaire ! Madeleine ne savait ni lire ni écrire ! Ah ! une bourse garnie… Voilà qui était mieux ! Encore faudrait-il aller jusqu'à la ville pour faire quelques achats. La besace pesait encore lourd dans sa main. Il la retourna. Une petite boîte plate s'échappa. Du métal! Un métal précieux sans doute. Autrement précieux que cette dent de morse! Il joignit les mains autour de son trésor. Son pouce heurta un fermoir. Malhabile, il s'acharna, guettant le déclic d'ouverture. Enfin un ovale brillant parut dans la pénombre. Un miroir! Il éclata d'un grand rire silencieux. Quelle merveille! Un miroir comme elle n'aurait jamais oser en rêver. Au lieu de se pencher dans l'eau du lavoir ou d'aller tout exprès à l'église pour se mirer dans le grand plat d'argent, il suffirait d'appuyer avec le doigt et de lever le couvercle pour s'attendrir devant le pli mignon qui prolongeait sa paupière.

Il s'étira. Brusquement il avait faim. Après le poisson, que servait-on à la table de l'oncle? Des viandes rôties, du blanc-manger*, un gâteau de miel peut-être... Il essuya les gouttelettes qui troublaient le miroir, le rangea dans la besace et glissa le tout sous sa chemise.

Quelques instants plus tard, Jason grimpait l'escalier de Louis Lebesque et paraissait tout

---

* Blanc-manger : sorte d'entremets au lait d'amandes.

essoufflé sur le seuil de la salle. Ils finissaient le veau rôti.

— Mon oncle, voici la nouvelle : Pierre Letourneur est mort ce soir.

Louis Lebesque reposa le pichet rempli de vin d'Espagne qu'il servait toujours en présence de Léonora, se leva et fit le signe de la croix.

— Que son âme aille en paix ! Jason, tu porteras demain à sa veuve deux barils d'huile, pour les frais. Je veillerai à ce que la part de son homme lui soit remise au plus vite.

Jugeant qu'il avait accompli son devoir, il se rassit lourdement.

— Jason, est-ce cela qui t'a fait tant tarder ? demanda Léonora sans lever les yeux vers son fils.

Il répondit évasivement. Il croisa le regard de Catherine.

— Pleut-il donc si fort ? murmura-t-elle. Te voilà trempé comme un naufragé ! Et tu t'es...

— Oui, échauffé contre des coquins ! interrompit l'oncle. On dirait même qu'ils n'ont pas été tendres avec toi !

Léonora s'était redressée.

— Laissez cela, Léonora. Grand bien lui fasse, même s'il a eu le dessous ! Viens t'asseoir ici, mon garçon, fit-il en indiquant une place sur le banc à côté de lui. Léonora, comment trouvez-vous mon vin d'Espagne?

— Permettez plutôt que je me mette près du feu, murmura Jason.

Il s'installa le dos à la flamme avec un morceau de viande posé sur du pain. À chaque fois qu'il avançait la mâchoire pour mordre dans la chair, le cuir de la besace caressait sa peau sous la chemise. Cette sensation l'éloignait des autres qui mangeaient là, en pleine lumière. Léonora, malgré son front impassible, avait du rose sur les joues et l'oncle avait dû abuser de la bonne chère car son ventre touchait la table.

— Je disais, Jason, reprit celui-ci, que je t'emmène à Rouen. Il est grand temps que je t'enseigne le métier. Les trieurs sont rusés comme race de forbans! Il faut que tu te frottes à ces marauds tant que je suis encore de ce monde.

Jason acquiesça d'un signe de tête. Sous la chemise, il jouait avec la courroie de la besace et pensait à la fête de dimanche.

Le repas était achevé. On recula le banc contre le mur et Thomassine apporta des coussins pour que chacun pût mettre du moelleux sous son séant, prétextant qu'une belle histoire qui vous donnait un mal de reins était pis qu'une jouvencelle aux dents gâtées. Elle choisit la meilleure place et s'assit avec des gémissements.

Louis proposa à Léonora de leur conter la première histoire. Elle déclina l'offre avec un sourire tranquille. Catherine insista :

— Oh mère, je vous en prie ! Une histoire de chez vous, quand vous étiez petite !

Léonora fut intraitable. Elle ne parlait jamais de sa vie d'avant, prétextant que son souvenir était trop imprécis. Les prières n'y faisaient rien. Plus jeune, Jason l'avait supplié de lui parler de son père. Elle avait refusé. Pour effacer le passé, elle usait de la même application qu'elle mettait à broder les chemises et les dentelles. Catherine aurait voulu insister encore. Elle chercha le regard de Jason mais celui-ci dormait près de la cheminée, les deux mains serrées contre son ventre. Alors elle se résigna.

Ce fut le Grand Louis qui prit la parole en plantant ses yeux dans ceux de Léonora :

— Si, de tous ceux qui nous ont précédés, personne n'avait parlé, que saurions-nous des terres sauvages qui dormaient de l'autre côté de l'océan ? Si Marco Polo, dans sa prison, n'avait pas dicté ses mémoires, qui aurait songé à traverser la mer par l'ouest pour atteindre la Chine aux mille merveilles ? Qu'en dites-vous, Léonora ? Défendez-vous, que diable !

Léonora ne souriait plus et baissait la tête. Catherine frémissait : l'oncle parlait si juste !

Il poursuivit :

— Mes enfants, la mémoire du vieil homme que je suis doit vous servir de tremplin. Assis sur nos épaules, vous verrez plus loin que nous. Le monde vous est grand ouvert. Mais faites vite, car mes jambes me font mal ! Quant à celles de Thomassine...

Il fit une pause. La vieille ronflait, le menton sur la poitrine. Il eut avec son assistance un regard complice. À la bonne heure ! Les visages s'étaient détendus. Il se rinça la bouche avec une gorgée de vin et reprit :

— J'étais déjà sur les bateaux quand Jean est né. Notre père avait compris que la fortune viendrait de loin ! Tout en tenant boutique, il a pris des parts sur la grosse aventure*, mais, en bon apothicaire**, il savait aussi compter ! Sur le testament que le notaire m'a remis, les chiffres s'allongeaient... Jean est parti à ce

* La « grosse aventure » : terme du XVIᵉ siècle indiquant l'affrètement de navires pour de lointains voyages en mer.
** Apothicaire : pharmacien.

moment-là. Pendant des années, j'ai gardé pour lui dans la soupente les recettes d'emplâtres et d'élixirs en espérant qu'il userait un jour du savoir du père. Quand il est revenu – j'aurai toujours pour vous de la gratitude, de me l'avoir ramené, dit-il en se tournant vers Léonora – quand il est revenu, il savait déjà tant de choses ! Il connaît le corps comme moi je connais la mer. Il use du scalpel et moi du compas de route. Il cherche l'infiniment complexe et moi j'ai voulu voir l'infiniment grand. Nous avons suivi des chemins proches sans vraiment nous retrouver jusqu'au jour…

Pour dissimuler son émotion, il reprit une gorgée de vin.

— … C'est une bien singulière tempête qui nous a réunis… Peu de temps après votre arrivée au pays, vous étiez tout petits Jason et Catherine, j'avais réglé des affaires à Saint-Malo. Le vent était mal tourné et, au lieu de prendre la mer, j'ai loué un cheval pour rentrer chez moi. À quatre lieues d'ici, juste avant les marais, une bande de gueux m'a jeté à bas de ma monture.

« Je n'avais que quelques deniers ; cela les a mis de méchante humeur. Ils étaient prêts à me saigner comme un lapin ! Je languissais, ligoté contre un arbre, en priant tous les saints et même tous les diables de l'enfer, lorsque l'un d'eux m'a demandé mon nom.

— Lebesque.

— Lebesque ! Serais-tu le cousin de celui qui soigne ?

Il avait mis sa dague sous mon menton.

— Pas le cousin, le frère !

— Par le cul de Marie ! Le frère !

Après quelques conciliabules, ils s'en furent et me laissèrent là. J'ai grelotté toute la nuit. Le lendemain à l'aube, Jean est venu me délivrer. Pendant que je me réchauffais et me restaurais avec les provisions qu'il avait apportées, il me raconta qu'on l'avait appelé une nuit pour soigner ce coquin qui s'était enfoncé une épine dans le coin de la paupière. La plaie s'était enflammée ; il risquait de perdre la vue ; il l'avait guéri avec des compresses et de l'esprit-de-vin*. Depuis, le blessé se sentait en dette et cela m'avait valu la vie sauve, à moi, Louis, qui n'y étais pour rien... En rentrant à la maison, j'ai juré à Jean que je prendrais soin de vous, son épouse et ses enfants, jusqu'à ma mort.

* Esprit-de-vin : ancien nom de l'alcool obtenu par distillation du vin. La distillation est une découverte de cette époque et l'alcool est d'abord utilisé en chirurgie.

Il se tut.

— Mon oncle, est-ce vraiment vrai, cette histoire ? demanda Catherine.

— Que me parles-tu de vrai ou de faux, mon enfant ! C'est l'heure des contes ! Sans doute ma mémoire de vieil homme a-t-elle pris quelque chemin de traverse ! Mais qu'importe ! Garde en toi les mots, les images qui te font du bien. Les histoires sont comme le grain que l'on sème...

Elle acquiesça en souriant.

Le feu, que l'on avait négligé, rougeoyait modestement. La pluie, tombant en rafales par le conduit de cheminée, grésillait sur la braise. Il était tard. Léonora se leva. Les autres l'imitèrent.

À ce moment, les sabots d'un cheval malmené résonnèrent sur la dalle de pierre devant la porte. Quelqu'un secoua brutalement le heurtoir. L'oncle se pencha à la fenêtre.

— Grand Dieu, Monsieur de Mauriencourt, que faites-vous dehors à pareille heure ? Prenez la peine de monter ! Un flacon de mon vin d'Espagne vous réchauffera.

Lorsqu'il apparut, le gentilhomme avait un visage fermé qui ne lui était pas habituel.

— J'enrage ! Un maraud m'a dérobé ma besace ce soir pendant que je dînais à l'auberge !

— Votre besace ! À l'auberge ! Voilà qui est mal venu ! Quel est le sacripant ?... Mon neveu est rentré tard. Peut-être aura-t-il vu quelque chose !

Jason, réveillé en sursaut, se vit entouré de regards interrogateurs. Il balbutia quelques mots inintelligibles et secoua la tête. Lorsqu'il se rassit, la besace de cuir pesait lourd sous sa chemise.

Chapitre 5

Catherine n'osait pousser les orteils sous le drap. La servante avait laissé mourir le feu et la brique à peine tiède ne suffisait pas à chasser l'humidité du lit. Dans la chambre voisine, Léonora ronflait légèrement. Elle avait décidé quelques mois auparavant que Catherine avait passé l'âge de partager son lit et lui avait dressé une couche dans l'alcôve de la cuisine. Sur l'autre mur, un lit était destiné à Jason qui préférait s'installer dans la soupente dès les beaux jours.

En revenant de chez l'oncle, il s'était précipité là-haut sans donner le bonsoir et elle l'entendait à présent marteler le plancher au-dessus de sa tête. On eût dit la danse d'un ours.

N'y tenant plus, elle monta. Il était debout près de la lucarne. Par terre devant la chandelle, de jolis objets étaient proprement rangés sur un carré d'étoffe. Il ne fallut pas longtemps à Catherine pour comprendre.

— Alors c'est toi, le voleur!

Il lui tournait le dos et ne se retourna pas.

— T'as envie d'avoir mal, ou quoi? Tu sais combien ça coûte: le fouet, avec le carcan en sus! Et puis le gibet la prochaine fois!

Elle explosait de colère, à voix contenue pour que sa mère ne s'en mêlât point. Il la laissait dire. Lentement, comme s'il répétait un rôle, il ouvrit devant elle le miroir d'argent. Elle haussa les épaules, regarda de loin, s'approcha enfin. Il jubilait: ce petit objet agissait à merveille. Même elle, la Chevrette, sauvage, négligée, n'y résistait pas. Que dire alors de Madeleine qui aimait tant surprendre son image! Catherine prit la boîte dans ses mains brunes, caressa les ciselures de l'argent et le couvercle d'ivoire ajouré. Elle palit brusquement.

— Tu as volé ça pour Madeleine?

D'un mouvement très lent, il fit oui de la tête.

Elle prit son souffle:

— Et tu crois qu'elle va trouver ça beau?

Il la regarda, pris de doute.

Pour garder son avantage, Catherine ne lui laissa pas le temps de répondre. Pour Madeleine ! Cette fille qui riait trop fort et qui ouvrait son corsage dès qu'elle entendait la voix d'un homme ! Tout en parlant, elle observait son frère : le cheveu noir bouclé, les épaules solides, une expression butée, arrogante, qu'elle ne connaissait pas... presque un étranger ! Brusquement elle eut honte au souvenir des jours où elle avait ôté sa chemise devant lui, honte de toutes les bêtises enfantines qu'elle disait, il n'y a pas si longtemps. Avec un gros effort, elle admit au fond d'elle-même que Madeleine était belle et que c'était un joli spectacle de la voir battre le linge avec des perles d'eau qui giclaient partout autour d'elle. Soudain très lasse, Catherine se tut. Elle se sentait prête à pleurer. Sans regarder son frère, elle redescendit chercher le réconfort de son lit.

Le lendemain, le temps était maussade.

Catherine s'habilla en grelottant. Jason, à peine levé, disparut comme à l'accoutumée. Léonora laissa entendre qu'il allait chez Louis Lebesque. Catherine savait que non. Il n'irait pas ce jour-là et les jours prochains non plus, parce que tout avait changé depuis que le bateau était revenu.

Dès qu'il fut sorti, elle monta à la soupente. Évitant la latte de plancher qui grinçait, elle chercha où Jason avait caché son trésor. Elle finit par trouver, derrière une pierre descellée, la plume, le rouleau de papier et le petit livre auquel elle n'avait pas prêté attention la veille. Mais de miroir, point! Il l'avait emporté avec lui. Elle regarda le livre de plus près : *Encomium Moriae* d'un certain Desiderius Erasmus*. Du latin! Le père Mahec, le prédécesseur du père Anselme, qui lui avait appris à lire sur la demande pressante de Léonora, ne lui avait enseigné que le français. Était-ce le sire de Mauriencourt qui lisait cette langue savante? Cet homme autoritaire, qu'elle n'avait jamais salué que de loin, avait donc d'autres préoccupations que son cidre et les redevances de ses fermiers? Le livre était relié de beau cuir et les pages étaient douces à feuilleter. Dans la marge, à côté des lignes imprimées, apparaissaient des notes rédigées à la plume. La traduction peut-être, ou bien les pensées du châtelain... Elle déchiffra quelques mots ; cela ressemblait aux

* Il s'agit d'un livre célèbre paru en 1511: *Éloge de la folie* écrit par Érasme. Ce livre, qui s'opposait aux idées rigides de l'Église à cette époque, fut condamné par le pape et sa vente fut interdite en 1546.

paroles de l'oncle quand il prenait un air grave. Elle souligna d'un trait de l'ongle et relut, songeuse, avant de reposer le livre dans la cachette.

Plus tard, dans une ruelle, elle rencontra Petit Louis. Le mousse ne cachait pas la marque de coups sur son visage.

— Le frère, encore au lit?

— Non, il est sorti! Parti travailler chez l'oncle.

— Ça m'étonnerait! J'en viens, de chez ton oncle... Il pestait contre son vaurien de neveu qui n'arrivait pas.

— Qu'allais-tu faire chez mon oncle?

Petit Louis plissa les yeux et approcha son visage.

— J'ai mes raisons mais je m'en vais te les dire. La Marie Letourneur a besoin d'un homme pour l'aider et je suis son neveu et puis... j'ai dans l'idée de vouloir rester à terre...

Il ricana, cracha le plus loin qu'il put.

— Il paraît que ton frère va embarquer avec ton oncle! Pourra prendre ma paillasse... J'aurai bien mieux comme oreiller pendant ce temps-là!

Elle avait à peine fait quelques pas qu'il la rattrapa par l'épaule et l'enferma à l'intérieur de son bras. Elle eut contre sa joue les pommettes bleuies et la voix goulue dans son oreille:

— Tu m'accorderais bien une danse à la fête de dimanche? Pas la première, t'as tellement de prétendants!

Catherine rougit. C'était la première fois qu'on l'invitait à danser. Il le savait bien, lui qui avait quelques ans de plus et qui fréquentait les bals! Elle se débattit. Ce gars-là, avec ses mains de taupe et ses petits yeux qui cillaient sans cesse, ne lui plaisait pas. Cependant elle savait qu'une danse permettait de se faire voir ; la ronde ensuite se poursuivait d'elle-même... Il suffisait d'un seul gars pour attirer les autres. Et elle aurait à son tour, comme les autres filles, les joues rouges et le souffle un peu court quand le sonneur cesserait sa musique.

Elle bafouilla un oui qui la libéra de lui et allongea le pas. Après avoir tourné l'angle de la rue, elle s'assura qu'il ne la voyait plus et ralentit pour calmer son esprit. Elle aurait pu danser la première danse avec Jason. Il lui aurait pardonné ses maladresses de débutante. Peut-être auraient-ils ri tous les deux! Comme avant, lorsqu'ils escaladaient le grand châtaignier...

En arrivant au carrefour qui menait chez Louis Lebesque, elle aperçut une charrette arrêtée devant l'échoppe de l'oncle. Un valet de Mauriencourt y chargeait des tonneaux.

Le chargement de la charrette s'achevait lorsque Jason déboucha à son tour dans la rue. Il venait de la falaise, trop légèrement vêtu, et il avait froid. Dans la cuisine de Thomassine, le feu devait ronfler... Reconnaissant les gens de Mauriencourt, il rebroussa chemin puis se ravisa. Mieux valait se comporter normalement. Depuis le matin il se demandait s'il irait chez l'oncle. C'était jour de lessive. Madeleine y serait peut-être. Rien de sûr parce que le temps était humide et que Thomassine l'avait sans doute décommandée. Mais si elle était là, saurait-il jouer l'indifférent, s'enfermer dans le cabinet jaune sans rien tenter ? L'oncle discutait-il avec le sire de Mauriencourt ou bien le valet était-il venu seul ? Jason s'approcha, après avoir ôté ses sabots dont le claquement sur la pierre risquait d'alerter la maison. Le cheval attelé à la charrette baissait la tête sous la pluie fine. Moins beau que la splendide monture de la veille, il n'en était pas moins une bête bien soignée. De toute évidence, le sire de Mauriencourt était clément avec ses animaux.

Saurait-il l'être aussi avec les humains ? La main de Jason se crispa sur la besace qu'il gardait sous sa chemise. Pourtant personne ne le soupçonnait et Catherine, il en était sûr, ne le dénoncerait pas. Il regarda autour de lui : la rue était déserte, hormis une bande de chiens qui se disputaient un vieil os.

Une fois qu'elle aurait reçu son cadeau, Madeleine en userait sans aucun doute avec ostentation. Les envieux jaseraient. Au village rien de nouveau ne passait inaperçu. Que dire alors d'un si bel objet dans les mains d'une lavandière ? On avertirait le sergent ou le bailli...

La bande de chiens aboyait tout près de l'attelage. L'un d'eux avait traîné l'os jusque sous la charrette et montrait les crocs pour défendre sa pitance. Le cheval, énervé, frémissait des genoux. Jason se colla contre la roue pour échapper aux regards qui pouvaient venir de la fenêtre. Sachant qu'il embarquait sur la *Grande-Françoise* au lendemain de la fête, il jugea que les difficultés attendraient bien son retour et qu'il aurait tout loisir de demander conseil à l'oncle. Embarquer sur la *Grande-Françoise*, ne serait-ce que pour aller à Rouen, signifiait qu'il allait enfin franchir la passe...

Franchir la passe...

Son rêve se brisa net. Il poussa un hurlement et s'accrocha au montant de bois. Le cheval agacé avait avancé d'un pas et la roue cerclée de fer de la charrette venait de rouler sur son pied nu. Le souffle coupé par la douleur, il s'affala contre l'essieu. Il eut juste le temps de voir son sang, un sang très rouge, qui ruisselait sur la terre entre les dalles. L'instant d'après, il avait perdu conscience.

Chapitre 6

La douleur. Une grande bête chaude et indisciplinée s'était installée dans son pied. Parfois elle dormait couchée en rond à l'intérieur. Puis elle mordait en se réveillant et montait le long de sa jambe jusqu'à l'aine. Dans ces cas-là Jason se retenait de crier et essuyait la sueur qui perlait sur son front. Marcher lui était devenu impossible. Lorsqu'il se dressait sur sa jambe valide, la douleur cognait si fort dans l'autre, qu'il sentait son pied tout près d'éclater et il retombait, la tête vide, secoué par la nausée. Depuis deux jours il était couché dans le lit de la cuisine. C'est là qu'il s'était réveillé après l'accident ; l'oncle le regardait tandis que Léonora nettoyait la plaie avec de l'eau bouillie et un linge propre. Ses gestes se voulaient très doux mais le moindre effleurement de la toile était pour Jason une torture. Il n'avait pas vu son pied à ce moment-là parce qu'elle l'avait vite enfermé dans un épais bandage et parce qu'il avait fallu écouter les paroles de l'oncle : en tombant, Jason avait brisé sous lui le miroir qu'il gardait dans sa chemise. Alertés par son cri, Louis Lebesque et le sire de Mauriencourt avaient ramassé le garçon en même temps que les débris du bel objet. Devant la gravité de la blessure, Gilles de Mauriencourt avait ravalé sa colère. Depuis, il ne s'était pas enquis de la santé de Jason.

Jason regarda par la fenêtre : les nuages se bousculaient à la cime des arbres. Plus loin, le ciel était bleu. Il entendait le chuintement des feuilles sèches tournoyant sur le sol de la cour. L'automne approchait, mais avant, les marées allaient s'amplifier et la mer découvrirait bientôt la roche noire qui fermait la passe à l'entrée du port. Demain, après la fête, la *Grande-Françoise* partirait sans lui. Sur le quai devant l'auberge, les enfants avaient déjà balayé le sol pour les danses et la grosse Angèle devait préparer sa pâte pour les crêpes et les gâteaux. Peut-être entendrait-il d'ici le cornemuseux et le cri des filles quand les hommes les saisissent à la taille pour les faire sauter par-dessus leurs genoux. Jason essaya de respirer profondément, cherchant à calmer l'angoisse qui montait. Parce que l'horizon, au lieu de s'élargir, s'était brusquement rétréci à l'exiguïté de cette pièce sombre. Quatre murs et les arbres dans le carré de la fenêtre ! Une prison dans laquelle la douleur prenait toute la place. Par moments, il mettait toute son énergie à l'apprivoiser mais cela demandait tant d'efforts ! Il eut tout à coup horreur du visage de Léonora, de sa tranquillité et de ses attentions qui cachaient autre chose. Elle avait fait son devoir, pansé la plaie, mandé un médecin et envoyé une lettre à Jean mais, au lieu de crier sa colère et de souffrir avec son fils, elle avait seulement dit avec tristesse :

— C'est une punition de Dieu, pour nous deux !

Jason avait senti que le regard de Léonora ne lui était pas adressé, qu'il était tourné vers l'intérieur d'elle-même. S'il avait osé, il l'aurait frappée pour qu'elle le reconnût enfin.

De rage, il défit le linge qui comprimait son pied. Les humeurs qui s'écoulaient de la plaie avaient collé le tissu et il lui fallut serrer les dents pour l'ôter sans hurler. Avec difficulté, il plia le genou pour observer la blessure. Ce n'était pas beau et ça commençait à sentir mauvais. Un rouge sombre avait envahi son pied enflé, avec des longues traînées douloureuses qui progressaient vers la cheville. Il compta ses orteils : le pouce était intact, le deuxième orteil aussi. La roue avait écrasé les trois autres qui ne faisaient plus qu'une bouillie de chair d'où jaillissaient quelques débris d'os. À l'extrémité de cette masse informe, les fragments des orteils sectionnés pendaient comme des cadavres au gibet. En tremblant, il avança la main pour les toucher : froids et insensibles. Il sut qu'ils étaient morts. Il cria. Soudain, il eut peur. Une peur inconnue. Bien différente des frayeurs que lui inspiraient parfois l'oncle ou plus récemment le sire de Mauriencourt. Cette peur nouvelle venait de lui et ne s'adressait qu'à lui. Elle jouait avec la mort. Il n'avait jamais pensé qu'il pût mourir maintenant. Grand Dieu, ne plus voir Madeleine, payer sa dette à Mauriencourt, mais vivre ! Marcher ! Rire ! Il posa sa tête sur ses genoux et pleura. Instantanément la douleur l'obligea à se redresser, à soulever le pied.

Il étouffait de fièvre et de désespoir.

Catherine ! Où était Catherine ? Sortir !

Courir ! Arrachant le drap, il se leva, mit son genou en écharpe dans le linge et clopina jusqu'à la table. La tête lui tournait, il se cramponna. En sautillant, il gagna la porte. Encore fallait-il l'ouvrir ! Une épaule appuyée contre le mur, il réussit à pousser le verrou et s'affala en sueur sur le banc de pierre contre le mur de dehors. Il ferma les yeux pour écouter le vent. Quand il les rouvrit il avait devant lui la silhouette massive du curé.

— On n'a pas pris la peine de me mander ici. Mais je suis venu tout de même... Ça jase sur toi au village...

— Tant mieux !

Le curé fronça l'épaisse toison qui lui servait de sourcil et reprit avec plus de sévérité :

— Toi ! Un Lebesque ! Qui mange du pain blanc !

Jason avait pris le parti du silence. Il balançait doucement son pied que le vent rafraîchissait.

— Mais enfin, Jason, quel mauvais esprit t'a poussé ? Ton oncle a pourtant de quoi... Était-ce tellement mieux que de l'or ?!

Le curé arrondissait la bouche avec délectation pour prononcer le mot or et Jason comprit qu'il était venu en premier lieu pour satisfaire sa curiosité. Il ne répondit pas.

Voyant qu'il n'obtiendrait rien du garçon, le prêtre se pencha sur la blessure, empoignant la cheville pour mieux observer. Jason gémit. L'autre reposa le pied sans ménagement.

— J'étais venu pour entendre ta contrition et te remettre le pardon de Dieu mais je vois que ton âme est habitée par le Mauvais! Enfin! Voilà bien des méchantes humeurs qui sortent de toi! Il faudra couper tout ça, dit-il en désignant le pied.

Jason eut un haut-le-cœur.

— Qu'importe le corps, insista le prêtre en se redressant de toute sa hauteur, c'est ton âme qui doit être pure.

Au moment où il s'éloignait, Léonora parut au coin de la maison. Voyant Jason dehors, elle se précipita. Le curé s'interposa rudement.

— Léonora Lebesque, lisez-vous le latin?
— Non, seulement le français.
— Et l'espagnol, pour sûr!
— Pour sûr, répéta Léonora, qui s'était rembrunie.

Il ne la quittait pas des yeux: après s'être détournée un court instant, elle avait retrouvé le front lisse, sans crainte ni passion, qui la caractérisait et elle le regardait calmement s'éloigner.

La main lourdement posée sur la barrière de bois, il fit grincer les gonds au moment de sortir.

— Tout cela manque de graisse! Léonora, faites-moi porter du saindoux, je vais vous arranger ça!

— Ce n'est point nécessaire, je le ferai faire plus tard!

— Allons donc! M'est avis que ce grincement doit méchamment résonner aux oreilles du Très-Haut. Apporte-moi donc le pot de saindoux qui est sur votre cheminée!

— Vous ne trouverez pas de saindoux sur ma cheminée! Du beurre, de l'huile, oui...

— Alors, une bonne couenne, à défaut de saindoux.

Elle le regarda, immobile, les mains impuissantes.

— Léonora Lebesque, ne mangez-vous jamais de cochon? demanda-t-il brutalement.

Instinctivement, elle baissa la tête.

Immobile, il la regardait s'enferrer dans le piège qu'il venait de lui tendre. Une immense colère saisit Léonora à la gorge: elle cracha dans sa direction, lui jeta des cailloux puis courut en sanglotant s'écrouler sur le banc d'où Jason avait assisté à la scène.

Pendant un long moment, Jason ne dit rien. C'était la première fois qu'il la voyait ainsi, brisée, et il sut qu'il se passait là quelque chose d'énorme. De toutes ses forces, il essaya d'écarter la douleur pour penser clairement. C'est vrai que personne à la maison ne touchait au jambon qui séchait dans l'âtre, que Léonora faisait toujours la cuisine au beurre... mais il n'avait jamais prêté attention à ces détails. Et maintenant, pourquoi le curé venait-il mettre son nez là-dedans? Toutes les familles au village gardaient du cochon au saloir et pas une ne s'était étonnée que ce fût différent chez eux! Il faut dire que les gens n'entraient pas chez Léonora. Des commères curieuses avaient bien essayé de glisser un œil à l'intérieur; elle les avait reçues poliment sur le seuil, en offrant du lait ou de l'eau fraîche, sur le banc devant la maison.

Et maintenant, elle était affalée là, les mains couvrant ses yeux, le dos écrasé par un poids trop lourd. Elle avait mal, elle aussi. Enfin! Il sembla à Jason que cela lui enlevait de la souffrance, à lui.

Il prit tout son temps. D'abord, installer son

pied afin que la douleur le laisse en paix pendant quelque temps. Le mieux était de le poser sur les genoux de Léonora. Il ne lui demanda pas son avis. Il l'obligea à pousser ses coudes, à se redresser pour faire la place à ce pied meurtri, hideux, nauséabond. Et maintenant qu'elle se tenait droite à nouveau, elle fut bien forcée de tourner les yeux vers lui. Il accrocha son regard et ne le lâcha plus.

— Maintenant, tu vas me dire pourquoi on ne mange pas de cochon ici, dit-il doucement.

Elle voulut d'abord lui répondre qu'il la tutoyait pour la première fois mais elle se retint.

— Mes parents n'en mangeaient pas non plus... Mon père s'appelait Ismaïl et ma mère Sarah.

— Des juifs! s'exclama-t-il sourdement. Et ton prénom à toi c'était quoi?

Le regard de Léonora avait déjà fui. Elle voulut se lever mais il aurait fallu soulever ce pied qui la maintenait prisonnière. Elle prit une longue inspiration:

— Rebecca.

Il continua:

— Pourquoi es-tu partie?

— Ils nous pourchassaient.

— Mais qui «ils»? explosa-t-il. Tu n'as jamais

rien dit! Depuis que je suis né, tu me caches tout. Et maintenant comment veux-tu que je comprenne?

Il grimaça ; la douleur s'endormait plus facilement quand il ne s'énervait pas.

— Je ne te demande pas cela. Je sais bien que personne ne peut comprendre.

— C'est ce qu'on va voir!

Dans la voix de Jason, il y avait du défi. Ses rêves étaient morts en même temps que son pied. Jamais il ne monterait sur un bateau, peut-être même la Grande Faucheuse* viendrait-elle le chercher dans quelques jours. Alors il avait au moins le droit de savoir. Tout.

Elle commença platement, comme une leçon qu'on récite :

— En l'an 1492, l'année où don Cristobal** a découvert la grande terre de l'autre côté de l'océan, les armées du roi Ferdinand et de la reine Isabelle*** ont chassé d'Espagne les der-

---

* Grande Faucheuse : il s'agit de la mort, souvent représentée avec une faux lorsqu'elle venait chercher les vivants.

** Don Cristobal : Christope Colomb.

*** Le roi Ferdinand d'Aragon et la reine Isabelle de Castille, mariés en 1469, unirent leurs deux royaumes, ce qui marqua le début de l'unité espagnole.

niers Maures* qui tenaient encore la ville de Grenade. Je n'étais pas née mais mon père me l'a raconté... Pour les chrétiens, ce fut une explosion de joie : la péninsule était enfin libérée des Infidèles. Dans leur exultation, ils furent sans pitié. Cela n'étonna personne ; ils n'avaient jamais été tolérants avec les autres religions et cela depuis l'époque de l'empereur Charlemagne...

Il l'écoutait, étonné qu'elle sût tant de choses.

— Les chrétiens avaient un tribunal, l'Inquisition, qui possédait sa propre police et qui arrêtait les gens suspects de ne pas être fervents croyants. Pas seulement les Maures ; les juifs aussi. Ma famille habitait Séville. Ma mère est morte lorsque j'étais petite. Mon père ne voulut pas partir. Il disait qu'il ne pouvait pas emmener tous ses livres, qu'il mourrait avec eux. Pendant quelque temps, les ennuis nous furent épargnés. Il avait beaucoup d'amis auprès des bourgeois, des médecins, des érudits de Séville. Il avait trouvé pour moi une place sûre chez doña Elvira de Ribañes, une grande dame qui venait d'avoir un bébé...

— Tu étais sa servante ?

---

* Maures : nom ancien donné aux musulmans.

Cette fois, ce fut elle qui attrapa son regard et répondit tranquillement :

— Tu peux le dire de cette façon, si tu veux. Moi, je dirais plutôt que je lui tenais compagnie. Elle avait du mal à marcher... Je lui lisais des livres, je l'aidais à se coiffer, nous allions nous promener dans le jardin où nous avions nos parterres de fleurs et nos arbustes... Nous brodions ensemble.

— C'est là que tu as appris ?

Elle fit oui de la tête, sans s'arrêter.

— Parfois nous chantions à deux voix des berceuses pour endormir son fils. Un bel enfant calme qui semblait heureux... tu...

Elle fixait Jason avec intensité, cherchant des mots qui ne venaient pas, et baissa les yeux avant de reprendre :

— Don Esteban, son mari, n'était jamais là. Il dirigeait une des armées royales et le roi l'envoyait souvent au loin. Il a embarqué avec ses hidalgos* sur un galion pour Cuba. Quand je suis partie, je crois qu'il était devenu gouverneur là-bas, sur une île du Nouveau Monde. Doña Elvira n'avait pas tellement envie d'aller le rejoindre, je crois...

* Hidalgos : soldats espagnols.

— Pourquoi es-tu partie ?
— Ça devenait de plus en plus dangereux. Mon père a été arrêté. Je n'ose imaginer ce qu'ils lui ont fait, je ne l'ai jamais revu... mais je savais bien que les soldats du Grand Inquisiteur viendraient me prendre, moi aussi. Je cherchais un moyen pour m'enfuir, j'allais souvent sur les quais, au bord du fleuve, là où accostaient les bateaux en partance pour le Nouveau Monde et pour d'autres ports. J'avais toujours avec moi un petit bagage et de l'argent, au cas où... Un jour, en passant devant un navire où l'on chargeait de la laine, j'ai entendu un capitaine qui ne contenait plus son impatience. Il attendait une jeune femme avec enfant qui avait payé sa place jusqu'à Anvers. Anvers ! Tu te rends compte ? Une de ces villes du Nord où les gens faisaient du commerce, vivaient paisiblement, imprimaient des livres sans la présence de l'Inquisiteur derrière leur dos, à surveiller le moindre de leurs gestes. Ce capitaine voulait partir au plus vite, avant la marée descendante. Je n'ai pas réfléchi. La servante qui m'accompagnait n'était pas très futée... Je l'ai envoyée faire une course dans un autre quartier de la ville... Je t'ai pris dans mes bras et je suis montée à bord. Je tremblais mais ils n'ont rien vu.

Ils ont largué les amarres aussitôt. Cette dame que j'ai remplacée s'appelait Léonora. J'ai pris son prénom... ou plutôt tous les passagers m'ont appelée ainsi puisque c'était une Léonora qu'ils attendaient.

— Et moi? demanda brutalement Jason. J'étais donc né! Tu ne me dis rien de cela! Qui était mon père? Pourquoi n'était-il pas avec toi?

Elle savait bien qu'il en viendrait là, que cette question sans réponse pesait lourd sur leur vie à tous les deux, depuis longtemps. Il la posait aujourd'hui parce qu'elle n'avait plus la force d'y échapper.

Elle prit le temps d'affermir sa voix.

— Ton père... je ne l'ai pas bien connu. Il s'appelait don Esteban de Ribañes.

Jason se tendit en avant.

— Si je comprends bien, tu as...

— Non, Jason, tu ne comprends pas. Ce n'est pas ce que tu crois! Tu es le fils de don Esteban... et de doña Elvira.

Il la regarda sans expression, comme si les mots n'entraient pas à l'intérieur de lui.

Alors elle cria:

— Tu m'entends? Je ne suis pas ta mère! Tu n'es pas mon fils! Je t'ai volé pour monter à bord. Je lui ai pris son enfant pour pouvoir fuir.

Je l'ai laissée toute seule ! Et toi, je t'ai enlevé à ta mère, à cette vie noble qui t'attendait !

Secouée de hoquets, elle repoussa de ses genoux le pied qui l'encombrait et s'enfuit par la barrière du jardin.

Chapitre 7

La fête qui célébrait le retour des marins avait ses rites.

Le sire de Mauriencourt, fier de presser le meilleur cidre de la région, en offrait une pleine barrique tandis que Louis Lebesque faisait cuisiner par Thomassine deux chaudrons de soupe de poisson ; la vieille servante mettait ce jour-là son plus beau tablier pour servir elle-même les premières louches. Le quai devant l'auberge avait été nettoyé avec soin et l'Angèle prêtait deux escabeaux pour les musiciens : le joueur de cornemuse et le joueur de vielle qui feraient bientôt trépigner les danseurs. La fête commençait par une procession d'action de grâces, menée avec autorité par le père Anselme. Mais cette année, les cœurs n'y étaient pas. Personne n'oubliait qu'il faudrait, demain, porter Pierre Letourneur en terre. Marie, sa veuve, avait le regard perdu au loin comme si elle avait déjà, elle aussi, quitté le monde des vivants. L'on murmurait autour d'elle que le malheur était tombé sur le village, qu'une mauvaise âme avait détourné le regard de Dieu et le père Anselme hochait gravement la tête.

Mais il faisait beau et ceux qui étaient rentrés vivants savaient que la pêche cette année paierait bien, que Louis Lebesque ne trichait jamais sur la part de chacun. Arrivée près de l'auberge, la procession se dispersa rapidement. Les jeunes tapaient déjà du pied pour faire venir les musiciens qui buvaient une dernière chopine. Filles d'un côté, garçons de l'autre, les deux groupes se dévisageaient ; ceux qui n'avaient pas retenu la première danse cherchaient un partenaire afin de ne pas rester les bras ballants quand la musique commencerait. Catherine rôdait alentour sans se montrer encore. Elle avait remarqué que Madeleine n'était pas encore arrivée et elle ne voulait surtout pas donner à Petit Louis l'impression qu'elle l'attendait. Depuis plusieurs jours, elle avait décidé qu'elle ne mettrait pas sa robe du dimanche, comme feraient toutes les autres filles, ni même un bijou dans l'arrondi de la chemise. Pas question de ressembler à Madeleine ! Au dernier moment, pourtant, elle avait noué dans sa chevelure un ruban à la couleur de ses yeux et serré autour de sa taille une belle ceinture brodée, offerte par sa mère. Ainsi parée, elle avait jugé qu'elle était acceptable. Comme c'était difficile de se trouver belle !

Le cornemuseux remplit d'air son instrument, ajusta le chalumeau* sur ses lèvres.

Les danseurs l'acclamèrent puis s'empoignèrent.

Les sabots claquèrent sur le sol.

Petit Louis allait perdre le sourire qu'il affichait devant tous lorsque Catherine apparut. Il sursauta. Il ne l'avait pas vue venir. Décidément, cette fille ne ressemblait pas aux autres ! Elle fit une courbette et tendit la main. Il la prit par la taille, l'entraînant au milieu des autres. Elle ne portait pas de sabots mais des souliers de cuir et cela lui donnait de la légèreté. Même si elle ne savait pas à quel

---

* La cornemuse est un très vieil instrument populaire, parfois appelé musette. Elle se compose d'un sac que le musicien rempli d'air avant de jouer et d'un ou plusieurs chalumeaux pour émettre les sons.

moment poser le talon ou pointer les orteils, elle sautillait avec grâce, toute chevrette qu'elle était, et Petit Louis à côté d'elle paraissait lourd. Peu à peu, elle se laissa prendre par le rythme. Les pas lui parurent plus faciles à exécuter. Elle osa relever la tête, regarder les autres danseurs et même Madeleine qui venait d'arriver et qui tournoyait si bien que le galon brodé de sa jupe virevoltait contre ses mollets. Et puis, brusquement, fixer ces pieds, ces jambes qui s'entrecroisaient avec habileté devint intolérable. Devant tous, s'étalait l'image des orteils de Jason. Elle eut honte d'être là, à cabrioler, alors qu'il était devenu infirme, privé d'un seul coup de sa jeunesse. Elle faillit s'enfuir et puis aussitôt après, elle le détesta, lui, d'avoir fait tout cela, de jouer avec le malheur, d'être devenu cet étranger qu'elle ne comprenait plus.

— Dis donc, ma petite, ça n'a pas l'air de t'amuser, grinça Petit Louis, peut-être que c'est pas de ton âge !

Elle redressa la tête, croisa le regard du cornemuseux qui semblait cligner de l'œil. Elle lui répondit. Le mousse crut que cette complicité lui était destinée et enveloppa davantage sa taille. La musique devint plus claire. Catherine se plut à imaginer que le musicien scandait pour elle. Elle laissa ses pieds obéir au rythme. À chaque mouvement, le ruban battait ses tempes, tout près des yeux. L'ardeur de la danse colorait son visage. Elle respira : que c'était bon de savoir faire comme les autres ! À un moment où elle retombait sur un pied, Petit Louis l'agrippa et la tint serrée contre lui. Il fallait bien, avant la fin de la danse, qu'il lui prît ce baiser qu'elle ne voulait pas donner. Elle continua de sourire, sans se débattre. À quoi bon ? Ces mains qui avaient souqué les voiles et viré au cabestan pouvaient bien lui tordre le bras ou lui écraser la poitrine, s'il en avait décidé ainsi !

De plus en plus serré, il l'étouffait à présent et tournait avec elle sans la lâcher d'un pouce. Elle chercha dans la foule la silhouette de l'oncle Louis ou celle de Léonora, mais ni l'un ni l'autre ne viendraient à son secours. Le Grand Louis ne s'était jamais soucié de ce qui se passait dans le cœur de sa nièce et Léonora n'était même pas là : lorsque Catherine avait quitté la maison, elle était couchée dans le grand lit avec un bandeau sur les yeux, gémissant que la lumière lui était insupportable. Alors Catherine réussit à lever un bras pour appeler à l'aide, comme une noyée que l'eau va engloutir. Encore trois notes et la musique cessa. Petit Louis fut bien obligé de la libérer, à moins de paraître benêt devant l'assemblée. Catherine s'éloigna, enchantée de voir Madeleine arriver à grands pas. Une fois à l'écart, elle passa la main sur son front moite, avala sa salive pour décrisper sa gorge. Boire lui ferait du bien. Pour le moment, les soiffards ne se bousculaient pas devant la barrique de cidre. Elle chipa un gobelet sur une table et le tendit à celui qui servait. Le liquide roux pétillait. Râpeux sur la langue, sucré au fond de la bouche, il lui parut délicieux. Le sire de Mauriencourt pouvait être satisfait! En quelques jours, c'était la deuxième fois qu'elle découvrait quelque chose venant de lui et cela ne ressemblait à rien d'autre. Pendant longtemps, elle avait eu peur de lui, comme tous les enfants du village, et voilà qu'à présent elle se demandait qui il était vraiment... Ces réflexions furent interrompues par la voix de l'oncle Louis près de son oreille:

— Eh bien la Chevrette, tu t'es fort bien débrouillée! Qui donc t'a appris à danser si gracieusement?

Elle rougit depuis le front jusqu'au galon de dentelle qui bordait sa chemise.

— Retournes-y vite, conseilla Louis Lebesque.

Il ne faudrait tout de même pas que tu t'arrêtes là, après un si joli début !

Sans hâte, elle se dirigea vers le cercle des danseurs, savourant à la fois le cidre et les paroles de l'oncle. C'était une ronde à présent. Il suffisait d'accrocher une main au hasard. Autour d'elle, les visages haletants étaient pleins de bienveillance. Elle dansa cette ronde et puis une autre. Le fils du meunier de Mauriencourt vint l'inviter, puis un grand gars qu'elle ne connaissait pas. Le ruban glissa de ses cheveux sans qu'elle pût le retrouver. Elle dansa encore, sautillante, légère, et ses cheveux dénoués dansaient en même temps qu'elle. Le musicien, à la fin d'une bourrée trépidante, lui empoigna la chevelure ; elle se dégagea en riant. Elle n'avait plus peur de rien. Cette fête était la plus belle du monde.

Il faisait nuit lorsque la musique se tut. Dans la ruelle qui menait à la maison, Catherine réalisa combien elle était fatiguée. Elle rentra très lentement, en s'appuyant contre les murets de pierre. En arrivant dans le jardin, elle ôta ses souliers pour tremper ses pieds dans l'eau du puits. La chaîne grinça tandis qu'elle remontait le seau mais personne ne vint au-devant d'elle. Elle enleva aussi sa chemise pour laver la sueur. Torse nu, grelottante, elle s'aspergea d'eau froide, tendit les bras vers la lune impassible, là-haut, envoya un baiser à la chouette qui venait de se réveiller et finit par se glisser dans la maison. Pas un bruit ; tout le monde semblait dormir, même Jason qui – Dieu merci ! – ne geignait pas dans son sommeil comme la nuit passée.

Le visage niché dans l'oreiller de plume, Catherine s'endormit aussitôt.

Au petit matin, elle se dressa en sursaut. La pièce était trop calme. Cela faisait longtemps que tout était trop calme. Dans la lumière grise qui filtrait derrière les volets, les meubles et les objets sortaient de l'ombre. Le lit de Jason était vide. C'était cette absence qui l'avait réveillée. En deux bonds, elle fut là-haut : vide aussi, la couche de la soupente.

— Mère ! Vite ! Où est Jason ?

Elle n'attendit pas la réponse. Il fallait prévenir oncle Louis. Comment était la marée aujourd'hui ? Pleine mer au lever du jour. Grand Dieu ! En ce moment même, le navire devait quitter le quai, avec l'oncle à son bord ! Elle dévala la ruelle en pestant contre ses pieds endoloris. Quand elle déboucha sur le port, la *Grande-Françoise* sortait de la passe. Elle voulut faire un signe, mais laissa retomber le bras. Ni oncle Louis ni personne ne pouvait plus l'aider. Elle devait se débrouiller toute seule. Son instinct la guida vers le raidillon qui escaladait la falaise. Elle prit un raccourci derrière le champ de sarrasin, courut à travers les fougères rousses. Là-haut, au ras du vide, elle reçut le soleil en plein visage et, dans la lumière dorée, découvrit la silhouette du navire qui s'en allait. À peine plus gros que des fourmis, les hommes dans la mâture s'affairaient à larguer les voiles. Le Grand Louis devait être dans la cale, vérifiant sa marchandise... Et Jason, où serait-il s'il était venu? Debout sur les vergues du grand mât, à regarder le port s'éloigner. Elle en était sûre! Il suffisait de fermer les yeux pour le voir, là-bas, heureux...

Les larmes vinrent brouiller la silhouette du navire.

Et maintenant? Où était Jason? Elle n'hésita pas longtemps, reprit le sentier vers le petit chêne tordu dont les feuilles jaunissaient. Si son frère avait réussi à se hisser jusque-là, c'était qu'il allait mieux! Elle se mit à courir. Jason était là, en effet, mais il n'allait pas mieux. Il ne la reconnut pas ; il délirait. Son pied avait perdu ses bandages. Violacé, zébré de lignes sombres, il semblait dévoré de l'intérieur par un mal terrible. Elle toucha ; c'était brûlant et la peau semblait prête à craquer. Le visage du blessé avait pris la couleur de la cendre. Catherine passa doucement le pouce sur les cernes qui creusaient des ombres sous ses yeux puis, la bouche collée à son oreille, elle appela :

— Capitaine, un navire sur la mer...

Rien. Pas un tressaillement sur le visage livide.

— Jason, tu m'écoutes ? Oh Jason ! sanglota-t-elle. Je t'en supplie, réponds-moi !

Il gémit. Ses paupières tremblèrent sans s'ouvrir.

Elle se redressa pour mieux crier :

— Je veux que tu vives, tu m'entends ?

Il finit par ouvrir des yeux immenses et balbutia :

— Alors... mon vrai nom à moi, c'est quoi ?

Elle crut que la fièvre le rendait fou.

— Ne bouge pas, souffla-t-elle, je vais chercher de l'aide ! Surtout ne bouge pas !

Ce fut sur le dos du charpentier que Jason redescendit au village. Catherine suivait derrière, tenant avec précaution le pied malade afin d'éviter le frottement des ajoncs et des bruyères qui bordaient le sentier. En arrivant devant la barrière, elle sursauta : il y avait une haute silhouette sur le seuil, qu'elle croyait reconnaître et qui lui faisait cogner le cœur.

— Père, cria-t-elle, éperdue, sans pour autant lâcher le pied qu'elle portait.

Jean s'approcha. Il se contenta de poser la main sur ses cheveux. Il avait le visage fatigué et ses traits se creusèrent encore davantage lorsqu'il découvrit la blessure.

Avec l'aide du charpentier, ils installèrent le blessé sur la longue table de la cuisine.

— Vite! Léonora, de l'eau bouillante, du linge propre! Catherine, de l'esprit-de-vin.

— Quoi?

— Le flacon qui est dans ma besace... Donne aussi la trousse de cuir qui est avec... Beaucoup d'eau bouillante, Léonora! Catherine, dans ma besace, tu trouveras aussi un sachet de toile blanche. Faites une tisane avec ça. Débrouillez vous pour qu'il boive! Il faut que cette chienne de fièvre tombe!

Pendant qu'il donnait ses ordres, il glissait un coussin sous la tête de Jason, étendait la jambe sur la table puis ficelait le corps avec de longues sangles de cuir. Catherine le regardait faire : c'était terrifiant de voir Jason, ligoté ainsi, comme un condamné prêt à subir une effroyable torture mais les gestes rapides de son père étaient rassurants. Lui au moins savait ce qu'il fallait faire.

— Catherine, tu vas m'assister : reste près de lui ; il ne faut pas du tout qu'il se débatte... S'il reprend conscience, il ne faut pas qu'il ait peur, dit-il, en ouvrant la trousse des scalpels.

— Non, c'est moi qui le ferai, intervint Léonora en écartant doucement sa fille. Jean, s'il te plaît ! Aide-moi, supplia-t-elle.

Il vint vers elle, prit le visage de sa femme entre ses paumes.

— Tu es belle, murmura-t-il, bien plus belle qu'avant. Tu vas y arriver ! Parle-lui tout le temps, comme si tu le berçais, comme s'il était ton petit enfant.

Catherine sortit dans le jardin en prenant soin de ne pas faire grincer la porte. Si ces deux-là s'unissaient pour sauver Jason, ils avaient bien des chances de réussir.

Elle leva les bras vers le ciel.

Un poids énorme venait de quitter ses épaules.

Chapitre 8

Jean vint trouver Catherine, beaucoup plus tard, sur le banc près du puits.

— Qu'est-ce que tu lui as fait? murmura-t-elle.

— J'ai coupé. J'ai coupé la partie malade, les orteils morts qui pourrissaient le reste.

— Il ne pourra plus jamais marcher?

— Il faut d'abord qu'il vive! Si le mal monte plus haut, il faudra couper encore... Dans tous les cas, il boitera, il lui faudra une canne pour marcher, comme l'oncle Louis.

Catherine avait posé la tête contre son épaule.

— C'est bien que tu sois là, soupira-t-elle, tout est plus facile quand tu es là.

La cloche de l'église sonna.

Elle bondit.

— Grand Dieu ! L'enterrement de Pierre Letourneur !

— Allez-y toutes les deux, ta mère et toi, dit Jean. Allez-y au nom des Lebesque. Moi, je veille sur Jason.

Quand elles arrivèrent à l'église, la nef était pleine. Tous les habitants du village étaient déjà rassemblés. En passant devant eux, Catherine reconnut les visages souriants qu'elle avait côtoyés hier à la fête. Mais aujourd'hui, ils regardaient, droit devant eux, le cercueil posé sur le sol. Les hommes tenaient leur chapeau, les femmes joignaient les mains et s'absorbaient dans la prière. Les regards se détournaient quand Catherine faisait un signe de tête.

Le père Anselme s'avança.

— Ne pleurez pas sur lui, dit-il d'une voix forte, il a bien mérité sa place avec les bienheureux ! Pleurez sur vous, qui manquez de foi...

Catherine n'avait pas envie de pleurer : Jason allait rester vivant. Elle demanderait au charpentier une belle baguette de châtaignier pour faire une canne bien solide. Il commencerait par marcher jusqu'à la porte puis jusqu'à la barrière...

L'office des morts se déroula calmement. La grosse voix du père Anselme martelait les mots d'adieu. Au moment où les hommes de la famille s'apprêtaient à emporter le cercueil, il tonna encore :

— Sentez-vous combien monte la colère de Dieu ? Que chacun de nous se demande si quelqu'un dans ce village ne sème pas le malheur : la mort de Pierre Letourneur, les mauvaises récoltes... Méfiez-vous, mes frères... le Malin se cache parfois sous de séduisants visages...

Il fixait Léonora, la désignant presque du doigt, si bien qu'elle dut sortir de l'église avec Catherine avant que le cortège ne fût passé.

Dehors sur le parvis, un groupe les attendait. Petit Louis marcha au-devant d'elles.

— Y paraît que le mal lui ronge le pied ? La punition, elle vient d'en haut... C'est le curé qui l'a dit, clama-t-il.

— Y a pas de justice que le fils de l'Étrangère vive de notre peine, jeta un autre qui levait le poing.

Léonora avait pris la main de Catherine et cherchait un passage mais ils leur barraient la route à présent. Des crachats fusèrent qui frôlèrent le bas de leurs robes.

— Ça suffit, vous autres ! fit la voix de Marie Letourneur, derrière tous.

Les visages se tournèrent vers la veuve, toute droite devant la porte de l'église.

— Oui, ça suffit ! reprit-elle, malgré la présence du père Anselme qui lui serrait le bras. Y a déjà assez de malheur ! Vous croyez que c'est la peine d'en rajouter ? Le petit Lebesque, il a bien du mal sûrement... Et c'est pas sa mort qui fera revenir mon homme...

Léonora fit un pas vers elle.

— Merci, Marie Letourneur, dit-elle seulement.

— Y a pas à remercier. Vous êtes pas une méchante femme : un jour, vous avez tiré mon garçon de la noyade...

Léonora hocha la tête pour signifier qu'elle se souvenait et s'en fut avec Catherine, passant devant ceux qui dressaient le poing tout à l'heure et qui n'osaient plus faire un geste.

À la maison, Jean avait fait du feu et versait de l'eau bouillante dans un pot.

— Il s'agite trop : je lui prépare une décoction... À présent, il faut vraiment que la fièvre baisse. Je vais lui donner un bain... Catherine, veux-tu tirer un seau au puits ?

Avec une infinie patience, gorgée après gorgée, il fit boire le breuvage à Jason, puis versa l'eau dans un baquet de bois où ils installèrent le malade en prenant soin de protéger son pied.

Le bain tiède parut lui faire du bien. Son souffle s'apaisa. Pendant un long moment, il dormit calmement. Puis il ouvrit les yeux, chercha Léonora et murmura :

— Mon vrai nom à moi, c'était quoi ?

Elle se pencha vers lui :

— Ton nom à toi, c'est Jason. C'est celui que ta mère t'a donné.

Il ferma les yeux à nouveau.

Éperdue, Catherine regarda sa mère, puis Jason et puis sa mère à nouveau. Ses lèvres bougeaient pour formuler une question que sa voix n'osait poser.

— Mère ?

— Oui, Catherine.

Léonora prit tout son temps pour prononcer avec une grande netteté :

— Toi, tu es ma fille et celle de Jean. Jason, lui, est né d'une autre femme, là-bas en Espagne.

— Alors il n'est pas du tout mon frère ?

— Pas du tout ton frère, répéta Léonora. Et

elle sourit. Mais cela ne t'empêche pas de l'aimer autant que tu veux.

La fièvre dura encore toute la nuit et la journée suivante. Jean veillait, donnait à boire, palpait l'enflure rouge, nettoyait la plaie. Il finit par ôter tout bandage pour laisser la blessure sécher. À cause des allées et venues dans la pièce, Catherine ne pouvait dormir et Léonora lui permit de s'installer dans la soupente.

Au matin d'après, quand elle se réveilla, son père était assis sur le bord du lit.

— Père, ça ne va pas?

— Si! Je crois bien que le mal s'en va ; l'enflure diminue. La mort ne le prendra pas cette fois... Il a parlé avec ta mère tout à l'heure. Tu veux le voir?

La jeune fille descendit en chemise.

Jason était assis dans son lit. Léonora l'aidait à boire. Il avait maigri et semblait épuisé mais dans ses yeux brillait une force que Catherine ne connaissait pas. Elle lui serra le bout des doigts.

— C'est toi qui m'as trouvé là-haut? murmura-t-il. Heureusement que tu es venue.

Elle sourit. Elle ne savait que dire. Elle le regardait et pensait: il n'est pas du tout mon frère!

— Tu sais, souffla-t-il, j'ai appris que mon père emmenait ses soldats de l'autre côté de l'océan, qu'il commandait une île là-bas... que ma mère était une grande dame... C'est sûrement pour cela que je trouvais la vie trop petite ici.

Il fixait son pied bandé, cherchant à faire bouger la cheville.

— Et maintenant, ajouta-t-il sourdement, j'ai encore plus envie de partir.

Catherine ne répondit rien. Elle se sentait timide devant lui. De justesse, elle retira le bol de ses mains. Il venait de s'assoupir à nouveau.

Dehors, les arbres perdaient leur parure vivante de l'été et les feuilles amoncelées formaient un épais tapis devant la porte. À l'intérieur de la maison, s'installait une vie nouvelle. Assise près du lit de Jason, Léonora chantonnait en tirant l'aiguille. Elle brodait une chemise pour Marie Letourneur, en geste d'amitié pour le moment où celle-ci quitterait le deuil. Catherine l'entendit même chanter en espagnol. Jean sortait plus souvent à présent. Il allait chez l'oncle Louis et guettait le retour du navire. Catherine se doutait qu'il allait bientôt repartir et elle scrutait le visage de sa mère pour voir ce qu'en disait son cœur. Léonora se levait en souriant quand elle entendait le pas de Jean sur le seuil et ne se plaignait de rien. Son front était redevenu lisse. Elle paraissait heureuse.

Dans la soupente le soir, à la lueur de la chandelle, Catherine contemplait les objets que Jason avait volés. Elle avait déchiffré les notes rédigées en français, dans le livre, et elle avait essayé de réfléchir. Il fallait le rendre, à présent, ce livre. C'était à Jason de le faire, évidemment, mais il ne pourrait marcher avant longtemps… et elle s'avouait qu'elle avait envie d'aller là-bas, à Mauriencourt.

Un matin, elle se décida. Elle enroula le tout dans un petit sac de toile et ferma la porte sans dire où elle allait. Le ciel charriait d'épais nuages venant de la mer. Le château de Mauriencourt était situé sur la hauteur, à l'extérieur du village. Depuis le sentier de la falaise, elle entendait les vagues battre les rochers. Les mouettes planaient, le bec au vent, avant de se laisser emporter par une bourrasque pour retrouver leur vol un peu plus loin. Catherine s'était toujours demandée si ces virevoltes étaient un jeu ; ce matin, elle décida que oui. Le petit chêne tordu perdait ses feuilles, elle le salua de la main et atteignit bientôt le creux où la source avait repris vigueur. Les nuages crevèrent quand elle enjambait le ruisseau. Comment éviter cette pluie qui allait mouiller le beau cuir du petit livre ? Elle nicha le paquet sous son manteau, contre sa poitrine, et se mit à courir. Mais les gouttes traversèrent bientôt la laine du vêtement et Catherine n'était pas fière de son aspect lorsqu'elle passa sous la voûte, entre les deux tours qui marquaient l'entrée de la cour.

Le château avait été agrandi et renforcé un siècle plus tôt, lorsque les Anglais* avaient envahi les terres qui bordent la Manche. Les vieilles gens du pays disaient que l'ancêtre du sire de Mauriencourt avait même accueilli le roi d'Angleterre dans ses murs.

De cette époque mouvementée, le château gardait ses défenses, mais aujourd'hui le pont-levis était toujours baissé et le garde qui surveillait l'entrée préférait couper du bois plutôt que d'arrêter les visiteurs. Il ne cessa pas

---

* Pendant la guerre de Cent Ans, le Cotentin fut conquis par les Anglais, et certains barons normands firent bon accueil à l'occupant. Ce n'était pas une trahison vis-à-vis du roi de France : la notion de patrie n'existait pas encore.

sa besogne au passage de Catherine qui se retrouva seule devant la façade de granit sombre.

Elle avait beau avoir souvent entendu sa mère, venue porter du linge à la dame, lui décrire les lieux, elle ne pouvait s'empêcher d'être impressionnée. C'était grand et beau : une tourelle contenant l'escalier à vis, des lucarnes ouvragées dans le toit, de larges fenêtres... Les plus jolies, au centre, éclairaient-elles la chambre du sire, celle de la dame ? En bas de la tourelle, s'ouvrait une porte élégante, surmontée d'un arc en accolade. Un peu plus loin, Catherine découvrit une autre porte, plus modeste. Ce devait être la cuisine ; elle choisit d'entrer par là. Le bruit d'un chaudron qu'on traîne et quelques jurons lui indiquèrent qu'elle ne s'était pas trompée. Devant la porte, elle fut accueillie par un balai énergique poussant une mare d'eau sale. Trempée comme elle était, elle ne s'écarta pas. La cuisinière s'indigna :

— Eh bien, jeunette, tu vas salir mon carrelage ! Enfin, dès que les hommes vont rentrer pour la collation, ils vont tout me ressalir ! Faudra qu'ils enlèvent leurs sabots, mais toi t'es bien chaussée ! D'où viens-tu donc ?

— Du village en bas. J'aurais un petit paquet à remettre à Monsieur de Mauriencourt.

— Je n'sais pas s'il va te recevoir dans l'état où que t'es ! Après, le beau parquet de la chambre, c'est moi qui dois le frotter, tu comprends ?

Catherine comprenait et ne savait que dire.

— En attendant, fillette, tu vas enlever ton manteau et boire quelque chose de chaud. Il n'est pas dit que Guillemette aura laissé une petiote attraper la mort au pas de la porte !

La cuisinière lui servit du lait avec du miel et un morceau de brioche. Les pieds sur les chenets de la cheminée, Catherine se réchauffait tout en serrant sur ses genoux le paquet qu'elle devait rendre tout à l'heure et qui n'avait pas trop souffert de la pluie. La porte s'ouvrit, laissant entrer un valet suivi d'un agneau de quelques mois. Devant l'étonnement de la jeune fille, il se mit à rire.

— Celui-là est le troisième que la mère a mis au monde ; elle n'en veut pas ! Il serait mort de faim... Alors on lui donne à boire.

— C'est la dame qui s'en occupe ?

Cette fois, ce fut la cuisinière qui éclata de rire.

— Ah non ! Elle mettrait pas son joli pied

dans la bergerie! Lui, le maître, oui! Il aime bien les bêtes!

Elle sourit à Catherine qui avait terminé son bol de lait.

— Tiens, maintenant que tu es réchauffée, fillette, on va voir s'il veut bien te recevoir. Suis-moi!

Elles montèrent l'escalier à vis jusqu'à l'étage. Catherine aurait bien voulu regarder les jolies choses qui l'entouraient mais déjà, le sire était devant elle. C'était la première fois qu'elle le voyait de si près et tête nue. Il était plus âgé que Jean sans doute car le gris se mêlait au brun dans ses cheveux coupés court. Ses bottes étaient couvertes de poussière, si bien qu'elle n'eut plus honte de ses pieds boueux.

— Je suis venue vous rendre ce qui vous appartient, dit-elle en tendant le paquet.

— C'est ton frère qui t'envoie?

Elle secoua la tête.

— Il vient juste d'ouvrir les yeux ; mon père l'a opéré.

Il avait déplié le sac, palpait le livre, faisant défiler les pages contre son pouce.

— Je l'ai lu, avoua-t-elle, je veux dire, j'ai lu ce que vous avez écrit!

Aussitôt elle se mordit les lèvres, d'avoir osé.

— Et tu en as pensé quoi? demanda-t-il en regardant par la fenêtre la pluie battre les vitres cerclées de plomb.

— Cela m'a fait penser aux paroles de l'oncle quand il parle sérieusement.

Il leva un sourcil. Elle s'enhardit:

— L'oncle dit par exemple que les belles histoires sont comme le grain semé: elles nous aident à grandir... Il dit aussi qu'en mourant, mieux vaut laisser un bon souvenir que beaucoup d'argent.

Le sire l'observait avec un sourire amusé.

— Ton oncle, lui, laissera les deux! Quand il reviendra de Rouen – ça ne devrait plus tarder à présent – dis-lui que je voudrais le voir, à propos de mes arbres. Et puis dis aussi à ton père de monter jusqu'ici. Il faut bien que nous en terminions avec cette affaire, ajouta-t-il sévèrement en désignant les objets qu'elle lui avait rapportés.

Elle inclina la tête et tenta une courbette élégante, malgré le poids du manteau mouillé. Avant de se retourner vers la porte, elle ne put s'empêcher de regarder autour d'elle l'encrier sur l'écritoire, les jolis chandeliers, les portraits accrochés de chaque côté de la cheminée... Et lui la laissa faire.

Sur le seuil, il la rappela :
— As-tu aussi écrit avec ma plume ?
— Non.
— Tu ne sais pas écrire ?
— Si...

Il avait déjà refermé la porte.

Elle l'entendit donner des ordres par la fenêtre.

Quand elle arriva dans la cour, elle croisa le valet, toujours suivi de son agneau.

— Ne pars pas ! Je m'en vas te redescendre au village avec la charrette. C'est le maître qui l'a dit.

Chapitre 9

Quelques jours plus tard, Jean ouvrit sans ménagement la porte de la cuisine.

— La *Grande-Françoise* est rentrée ce matin! J'ai invité mon frère à dîner. Catherine, tu mettras une écuelle de plus.

Louis arriva peu après. Il semblait fatigué mais ne cachait pas sa satisfaction. Il avait bien vendu sa cargaison et son sourire en disait long sur les colonnes de chiffres qui s'allongeraient bientôt dans ses livres de comptes.

Il apportait des cadeaux: du beau drap d'écarlate* pour Léonora, un assortiment de rubans et d'épingles pour Catherine, un livre de chi-

---

* L'écarlate est une couleur rouge mais aussi une matière: une sorte de drap fin, très réputé.

rurgie pour Jean qui tressaillit en découvrant le titre et murmura, éperdu :

— Ambroise Paré* !

Catherine fit la grimace devant les croquis qui s'étalaient sur les pages, décrivant en détail la manière de soigner les blessures causées par les arquebuses.

— Ambroise Paré est chirurgien du duc de Rohan, expliqua Jean. Il a fait des merveilles dans les armées d'Italie ; j'ai rencontré quelqu'un qui l'a vu opérer les blessés là-bas... Cet homme a beaucoup à nous apprendre... Louis, tu me fais là un superbe cadeau ! dit-il en levant les yeux vers son frère.

Mais Louis ne l'écoutait pas. Il regardait Jason, d'abord le visage de son neveu, longuement, puis le pied.

— Je n'ai rien rapporté pour toi. Je n'ai pas pu ; je n'avais pas vraiment envie de te faire plaisir.

Jason ne répondit pas. Il attendait la suite.

— J'ai longuement réfléchi, poursuivit l'oncle, et j'en ai parlé à Jean tout à l'heure : tu as une dette envers le sire de Mauriencourt. Tu vas

---

* Ambroise Paré (1517-1590) est considéré comme le père de la chirurgie moderne (voir Castor Plus).

la payer. Tu vas travailler aux comptes, sans erreur cette fois, tu vas remplir mes registres, aligner les chiffres et les commandes. Moi je garderai l'argent que je te dois, jusqu'à ce que la dette soit remboursée. Je te préviens, cela va prendre du temps. Ceci étant dit, mon garçon, je suis heureux, infiniment heureux, que tu sois vivant.

— Moi, j'ai un cadeau ! dit Catherine. Et elle tendit la canne de châtaignier qu'elle avait fait tailler par le charpentier.

Le regard de Jason se remplit de tendresse ; il se leva en prenant appui sur la table et avança la main vers la canne. Une fois de plus, Catherine le trouva grand. Ses vêtements flottaient autour de lui, ses joues étaient creuses encore mais ses paupières ne voilaient plus l'éclat de ses yeux. Il serra dans son poing le pommeau de bois poli et se redressa de toute sa hauteur.

— Je ferai ce que vous demandez, dit-il en fixant son oncle. C'est justice et j'ai bien de la chance que le sire de Mauriencourt ne m'ait pas fait saisir par le bailli. Quand j'aurai payé ma dette, je porterai moi-même l'argent là-haut, au château. Et puis je m'en irai sur la *Grande-Françoise*, à la prochaine campagne de pêche.

Louis sursauta.

— Cesse donc de rêver, Jason ! Pour survivre sur un bateau qui traverse l'océan, qui roule d'un côté et de l'autre, qui se couche et se redresse à te faire perdre la raison, il faut tenir sur ses deux pieds. Je sais de quoi je cause... Tu m'entends ? Et toi, tu voudrais partir ! À cloche-pied peut-être ? Lâche donc tes chimères : cette fois, c'est terminé.

— Sauf votre respect, mon oncle, reprit Jason, ce n'est pas terminé du tout... Ça commence au contraire. Regardez mon pied : on dirait qu'il repousse !

L'oncle fut bien obligé de se pencher sur la blessure pour constater en effet que la chair se refermait en bourgeonnant sur la plaie.

— Je vous jure que je tiendrai debout, déclara Jason d'une voix forte, et si vous ne voulez pas de moi sur la *Grande-Françoise*...

— ... ce pourrait être sur la *Belle-Rosamonde*, fit une voix élégante à la porte.

Louis Lebesque n'eut pas besoin de se retourner pour sourire jusqu'aux oreilles.

— Monsieur de Mauriencourt ! Vous venez jusqu'à moi pour me vendre vos chênes. Quelle bonne nouvelle ! Topons-là, cher ami, et buvons au beau navire que cela fera.

Pour discuter tranquillement de leur affaire, ils s'installèrent au soleil sur le banc et le châtelain étendit nonchalamment devant lui ses jambes chaussées de longues bottes. Léonora leur porta à chacun une bolée de cidre en s'excusant qu'il ne fût pas aussi bon que celui du château.

À l'intérieur de la maison, Catherine préparait la table. Jason, appuyé sur sa canne, l'aidait d'une main, portait le pain, les cuillères pour la soupe. Ignorant la venue inopinée de ces convives de marque, Léonora n'avait rien prévu de particulier. Il y avait de la soupe* au bouillon de poule avec des légumes du jardin, une grosse galette aux champignons et du fromage frais qu'elle servait avec de la pâte de coing, comme dans son pays.

Elle osa inviter le sire de Mauriencourt. Le châtelain accepta avec simplicité et prit place au milieu de la table, devant la plus belle écuelle. Afin d'éviter toute gêne, Louis Lebesque raconta longuement son voyage à Rouen et les bancs de sable dans le lit de la Seine qui faisaient enrager Thomas le pilote ; il décrivit le

---

* La soupe est à l'origine du pain trempé dans un bouillon.

port sur les berges du fleuve, la tour neuve de la cathédrale et surtout il parla avec enthousiasme des navires qui revenaient d'un lointain pays nommé Brésil* où poussaient des bois rouges comme la braise.

— Louis Lebesque, tout cela n'est plus de votre âge ! s'exclama Gilles de Mauriencourt. Quand cesserez-vous de vous agiter de la sorte ?

— Quand mon neveu prendra ma suite.

— Mon oncle ! rétorqua Jason. Je vous ai dit tout à l'heure que je vais embarquer à la prochaine saison.

Louis Lebesque jeta sa cuillère avec impatience et s'apprêtait à répondre.

— Laisse-le faire, Louis ! intervint Jean. Tu l'as bien fait, toi, de bourlinguer sur toutes les mers avant de jouer au bourgeois derrière l'étal de ton échoppe. Le golfe de Guinée et les cargaisons de malaguette, l'ivoire que l'on chargeait sur les bateaux de Dieppe**..., l'île de

---

* Le Brésil fut découvert par le Portugais Cabral en 1500 ; le bois rouge fait l'objet d'un commerce très actif enre Rouen et le Brésil dès 1527.

** Dès le XVIe siècle les armateurs dieppois se rendent dans le golfe de Guinée et Dieppe devient célèbre pour le magnifique talent de ses artisans ivoiriers.

Madagascar sur la route des Indes orientales...
Te souviens-tu avec quelle fièvre tu en parlais ?
Laisse-le donc traverser l'océan et ne te fais pas
de souci pour son pied. S'il le veut, il tiendra
debout. J'ai vu dans le livre que tu m'as offert
de plus vilaines blessures qui guérissent complètement ! Et j'ai encore quelque chose à te
dire, ajouta-t-il après un sourire : si tu veux qu'il
travaille chez toi – ce qui est justice – prends-le dans ta maison auprès de toi. Moi, je vais
bientôt repartir et il me semble que les gens
ont une mauvaise haine contre lui.

Puis il se tourna gravement vers sa femme.

— Quant à toi, Léonora, je sais que tu ne souhaites pas quitter ce village mais moi je ne suis
pas tranquille de te savoir ici, avec tous ces vauriens qui lèvent le poing sur toi. Il faudra que
nous trouvions un arrangement avant mon
départ.

Il s'arrêta et il y eut un grand silence. Car
Jean parlait peu et chacun savait qu'il avait
mûri ses propos avant de les exposer devant
tous.

Catherine se sentit un peu perdue. Jason
chez l'oncle, Jean au loin, Léonora à l'abri... Et
elle ?

Ce fut à ce moment que le sire de Mauriencourt prit la parole :

— Léonora Lebesque, je vous remercie pour la qualité de votre table et pour votre accueil. À mon tour de vous faire une proposition, à vous et à votre époux. En attendant le remboursement de la dette que Jason devra me payer avant la Chandeleur, permettez que je prenne votre fille en otage.

Catherine tressaillit. Il ne la laissa pas s'émouvoir davantage et s'adressa directement à elle :

— Mon épouse entretient depuis longtemps une correspondance avec certaines dames et gentilshommes qu'elle a connus au temps de la reine Anne. Elle a même l'honneur d'être parfois en relation avec la reine Marguerite de Navarre, la sœur du roi François… mais elle se désole en ce moment que des méchantes douleurs au poignet l'empêchent d'écrire autant qu'elle le voudrait. Il m'a semblé, poursuivit-il en se tournant à nouveau vers Jean et Léonora, que Catherine n'était pas fâchée avec les encriers et j'ai pensé qu'elle pourrait écrire sous la dictée, le temps que mon épouse retrouve l'usage de sa main…

Catherine se sentit rougir. Elle n'était pas

certaine d'avoir bien compris. S'agissait-il vraiment de lettres adressées à la reine de Navarre?

— À condition que ton écriture plaise à Madame de Mauriencourt, conclut le châtelain en se levant. À condition encore, ajouta-t-il sur le seuil, que cet exercice ne te déplaise pas.

Lorsqu'ils furent tous sortis, Catherine eut besoin de parler calmement à son cœur. Le sire de Mauriencourt avait discuté avec ses parents: un jour prochain, elle devrait se présenter à la dame du château. Saurait-elle s'y prendre? Comment était-elle, cette dame si discrète qu'on ne la voyait jamais au village? Il faudrait qu'elle demande des détails à sa mère. Puisqu'elle cousait ses chemises, Léonora devait bien savoir si la châtelaine était grosse ou maigre, laide, coléreuse?

Elle fit la grimace: elle avait perdu l'habitude d'écrire tous les jours mais autrefois le père Mahec disait qu'elle était sa meilleure élève. Elle s'amusait parfois à recopier des recettes dans la cuisine de Thomassine. La vieille servante trouvait toujours que ses lettres étaient joliment rondes mais la pauvre ne savait pas lire! Mieux valait demander le conseil de l'oncle... même s'exercer tout de suite!

Elle courut jusqu'à la demeure de Louis

Lebesque, entra sans frapper par la porte de la cour et s'engouffra dans le petit cabinet jaune où elle dénicha sans peine une liasse de vieux papiers. Une plume fraîchement taillée était posée sur l'encrier. Après une longue inspiration, elle se mit au travail.

Lorsque le jour commença à baisser, elle monta à la cuisine chercher une chandelle. L'oncle était là, qui chauffait sa jambe sur le banc de l'âtre. Il se pencha attentivement sur les lignes qu'elles avait tracées et jugea l'ensemble satisfaisant.

— Tu feras bien de montrer tout cela à la dame dès demain. Je ne me fais pas de souci pour toi ; c'est ton frère qui me cause de l'inquiétude !

Catherine referma la porte sans écouter la suite. Pourquoi l'oncle ne faisait-il pas confiance à Jason ? Et plus encore à Jean qui l'avait sauvé ? Dans la nuit qui tombait sur le village, elle serra la feuille de papier contre sa poitrine. Pour le moment, elle avait surtout envie de penser à elle-même et au jour prochain où elle rencontrerait la dame.

À la maison, elle trouva Léonora penchée sur la pierre d'évier, secouée de nausées.

— Mère ? s'écria-t-elle.

— Ce n'est rien, hoqueta Léonora. C'est... je crois... j'attends un enfant.

Un enfant! Catherine dut répéter plusieurs fois le mot avant d'en comprendre le sens. Un enfant: un petit frère ou une petite sœur... Ça arrivait chez tout le monde... Chez Marie Letourneur par exemple, l'été d'avant la mort de Pierre, et puis chez Thomas le pilote, même que le petit n'avait pas vécu... Mais ici, à la maison, elle n'avait jamais vu le ventre de sa mère s'arrondir. Elle avait oublié que cela pût arriver et elle venait juste de s'habituer à être la fille unique de Léonora... Un enfant! Et si sa mère allait mourir?

— Ne t'en fais pas, murmura Léonora qui semblait lire sur le visage tendu vers elle. J'irai accoucher près de Jean: il n'y a que lui qui sache mettre mes enfants au monde.

Cette fois, c'en était trop! Sa mère aussi allait partir, s'occuper au loin du nouveau-né! La tête posée sur ses bras, Catherine se mit à pleurer. Trop d'émotions nouvelles se bousculaient à l'intérieur d'elle. Elle ne comprenait plus rien.

Léonora s'assit sur le banc, attira sa fille contre elle.

— Tu sais, je ne vais partir tout de suite... J'attendrai de voir si tu te plais là-haut. Sinon je t'emmènerai avec moi... De toute façon, il faut que je quitte ce village. Le père Anselme ne m'aime pas. Il ne me trouve pas assez... bonne chrétienne. Il me fera des misères si je reste...

Elle déplia la page d'écriture que Catherine avait posée sur la table.

— Si la dame de Mauriencourt te prend à son service, il te faudra des vêtements convenables. J'ai dans le coffre de la chambre de jolies chemises que je vais retailler pour toi.

Elle posa la main sur les lourds cheveux nattés de Catherine.

— Elle aura bien de la chance, la dame de Mauriencourt, d'avoir une aussi jolie secrétaire, murmura-t-elle tendrement.

Chapitre 10

— Mademoiselle Catherine, y a un jeune homme qui vous demande! cria la cuisinière du bas de l'escalier. Un beau jeune homme, franchement! glissa-t-elle tandis que Catherine descendait les marches de pierre.

Depuis que la jeune fille était employée aux écritures auprès de la dame, Guillemette l'appelait Mademoiselle, tant elle était admirative, alors que toutes deux partageaient avec complicité la même soupente dans les combles du château.

— Il est dans la cour, chuchota-t-elle au moment où Catherine arrivait près d'elle.

La jeune fille fronçait les sourcils.

— Un jeune homme?

Cela faisait trois mois maintenant qu'elle travaillait dans la bibliothèque au-dessus de la cuisine et elle n'avait reçu aucune visite. Certains jours de marché, elle profitait de la charrette qui descendait au village pour aller chez Louis Lebesque prendre des nouvelles de l'oncle et de Jason, passer devant sa propre maison regarder si tout allait bien derrière les volets fermés. Léonora était partie peu après Noël, ne voulant pas attendre d'être trop alourdie pour entreprendre le voyage jusqu'à Nantes. À ses moments libres, Catherine avait aidé sa mère à rassembler ses affaires, à plier proprement de jolies toiles fines pour le berceau du bébé, mais elle n'avait pas voulu assister au départ et s'était enfermée dans la bibliothèque de Mauriencourt. Depuis, elle avait reçu une lettre de Léonora et répondu aussitôt, racontant sa vie au château, les gentillesses du sire et les plaintes de la dame qui ne se remettait pas d'avoir perdu sa meilleure brodeuse.

Loin de sa mère, Catherine découvrait qu'elle n'était pas vraiment triste. Comment avoir le cœur en peine au milieu de tant de nouveautés ? Et puis la dame lui donnait beaucoup à faire ! Au début, elle froissait la feuille de ses jolies mains chargées de bagues et Catherine devait recommencer. La dame n'était pas avare de papier ni d'encre. Ah ça non ! En réalité, elle n'était pas avare du tout. Elle savait faire des reproches aussi bien que des compliments. Catherine avait d'abord entendu beaucoup de réprimandes et elle avait pleuré parfois. Puis sa main s'était assouplie ; elle avait appris à tailler des plumes fines qui glissaient sur le papier. Alors, la châtelaine avait relâché sa vigilance et s'était mise à bavarder, si bien que Catherine laissait sécher l'encre sur sa plume pour écouter toutes ces histoires peuplées de beaux gentilshommes, de robes virevoltantes, de festins raffinés. Parfois la dame se laissait aller à un petit commérage sur la duchesse de… qui s'empiffrait de sucreries ou sur Monsieur de… qui galopait après les jeunes filles au lieu de courir le cerf pendant les chasses de Sa Majesté. D'ailleurs, Sa Majesté elle-même… Catherine oubliait les noms, ne retenait que les images de ce monde doré, impitoyable. Elle avait bien compris que la dame de Mauriencourt, n'ayant pas d'enfant, vivait de souvenirs, que ses lettres lui permettaient d'entretenir des liens avec le passé. Toujours vêtue avec une parfaite élégance, la châtelaine semblait à l'étroit dans le château de Mauriencourt mais elle poussait des cris d'oiseau effarouché dès qu'il s'agissait de mettre un pied sur les dalles boueuses de la cour. Elle s'offusquait à voix haute devant la tenue négligée de son époux lorsque celui-ci revenait de ses terres ou de la ville voisine et qu'il avait poussé son cheval au mépris des fondrières sur le chemin. Les jours où la dame se faisait servir le dîner dans sa chambre, le maître prenait plaisir à s'asseoir dans la cuisine, avec toute sa maisonnée, et ces moments-là étaient ceux que Catherine préférait.

Certains matins frileux, il venait lire devant la cheminée de la bibliothèque, levant parfois les yeux pour la regarder s'appliquer. La plume grattait dans le silence et Catherine se sentait devenir maladroite. Un jour, un juron lui avait échappé en même temps qu'une grosse tache d'encre éclaboussait la page presque achevée. Il avait levé un sourcil avant de rire de bon cœur et Catherine avait ri à son tour. Dès lors, à chaque fois qu'il entrait dans la pièce, cette gaieté partagée semblait renaître. Il venait souvent, parlait des pays qu'il avait traversés, des livres qu'il avait lus.

Et c'était encore plus intéressant que les bavardages de la dame.

En bas de l'escalier, Guillemette avait laissé la porte entrouverte. Le visiteur tournait le dos mais Catherine l'aurait reconnu entre tous : Jason ! Il était venu ! Grand Dieu, comment avait-il pu ? Il était là, bien droit sur ses deux jambes et ne l'entendait pas s'approcher. Elle posa les mains sur ses épaules. Il se retourna et la serra contre lui.

— Mademoiselle la secrétaire…

Qu'avaient-ils tous à l'appeler mademoiselle ? Elle recula pour déceler l'expression de son visage. Il lui sembla qu'il avait les yeux embués mais il souriait.

Elle n'eut pas besoin de prévenir la dame. Le maître, qu'elle rencontra dans l'escalier, lui accorda quelques heures de liberté. Ils allèrent vers leur territoire de la falaise, là où le chêne oblique poussait dans la pente.

— Catherine, je suis venu rendre l'argent… et puis aussi, je suis venu t'embrasser. La *Grande-Françoise* part demain matin.

Elle n'eut aucun geste de révolte, aucun mot. La Chandeleur était passée depuis peu et elle savait que le bateau se préparait à un nouveau départ. Le valet du château avait dit l'autre jour qu'il avait vu embarquer des sacs de pois et de farine.

Jason allait devant elle ; il fallait le connaître pour déceler dans sa démarche une manière particulière de poser le pied. L'oncle lui avait fait fabriquer une paire d'excellentes chaussures par un cordonnier de la ville, ainsi qu'une deuxième paire au cas où il perdrait la première. C'était un tel luxe ! Jason avait décidé d'en laisser une à terre. Il ne voulait pas que les autres marins soient jaloux de son confort.

— Demain matin, à la première marée, insista-t-il. Viendras-tu ?

— Je ne crois pas. Tu sais bien que j'aime tellement mieux les retours.

— Catherine, tu te rends compte, je vais franchir la passe ! On chargera du sel à Guérande et puis on piquera vers l'ouest pendant des jours et des jours...

Elle frissonna et regarda à nouveau le pied de Jason.

— Tu es monté à Mauriencourt ! Sans aide, sans canne ?

— Ça fait plusieurs semaines que je ne la prends plus...

Il lui raconta ses progrès pour descendre la ruelle jusqu'au port, pour monter l'escalier, pour poser les deux pieds bien à plat en tirant l'eau du puits et aussi les mornes journées dans le cabinet jaune, les comptes qu'il faisait pour l'oncle et les chiffres qu'il alignait pour savoir combien il remboursait chaque semaine.

Il avait rencontré Petit Louis peu après Noël.

— Tu vois, c'était la première fois que j'essayais de marcher sans canne. Il était avec deux ou trois autres ; on s'est regardé... Moi, j'étais tranquille et pourtant je savais qu'une bourrade de sa part m'aurait mis par terre, mais il avait Madeleine à son bras...

— Et alors ?

— Ça ne me faisait plus rien. Madeleine ne s'est pas moquée ; elle m'a même dit que j'étais plus grand qu'avant et lui n'a pas levé la main. Juste son ricanement, tu sais... Ceci dit, je suis drôlement content qu'il reste à terre.

— Mais qu'est-ce qu'il va faire ?

— Il loge chez sa mère. Le grand-père Hamel est mort. Il paraît qu'il a laissé des sous.

Blottis l'un contre l'autre, ils parlèrent longtemps, des gens du village, de la blessure et de ce qui s'était passé à ce moment-là. Avant qu'ils se séparent, Catherine demanda encore, tout contre son oreille :

— Sais-tu pourquoi tu t'appelles Jason ?

— Léonora m'a dit que ma mère était née là-bas, au pays de la Toison d'or, du côté de la

Grèce, parce que son père à elle était un de ces riches marchands du Levant qui lancent des bateaux à travers la Méditerranée.

— Tu sais, murmura-t-elle, Jason, c'est aussi un bel homme qui part sur la mer… Le sire de Mauriencourt m'a raconté toute l'histoire l'autre jour…

— Ouais, répondit-il d'une voix un peu enrouée, et je te parie que je la trouverai, la Toison d'or !

Le lendemain, toute seule dans l'aube grise, Catherine alla voir les voiles de la *Grande-Françoise* s'éloigner sur l'horizon. Très vite, la brume avala le navire. Elle avait beau se dire que Jason était heureux, elle n'arrivait pas à partager son bonheur. Il faisait froid. La lande était humide mais elle se nicha tout de même dans le creux du petit chêne pour pleurer.

Épilogue

Un frémissement parcourut la foule, suivi d'une exclamation sourde.

L'étrave était dans la passe! L'étrave, puis le mât de misaine, le grand mât...

Debout sur le quai entre le sire de Mauriencourt et Louis Lebesque, Catherine serrait ses deux mains sur sa poitrine. Si l'oncle ne s'était pas appuyé sur son épaule afin de soulager sa vieille jambe, elle se serait retirée dans un coin, toute seule avec cet émoi trop grand pour elle, plutôt que d'être là à attendre sagement parmi tous ces gens! Cherchant à occuper son esprit, elle regarda autour d'elle: à quelques pas, Marie Letourneur portait la belle chemise que Léonora lui avait offerte avant son départ ; elle remuait les lèvres en silence, priant pour son fils aîné qui était à bord. Elle eut un petit salut reconnaissant vers le Grand Louis. Tout l'hiver, celui-ci avait veillé à ce que la réserve de bois de la famille fût bien garnie.

Angèle, dont le tour de taille ne cessait d'épaissir, apportait les premières crêpes et faisait venir son monde à grands cris. Catherine se demanda comment l'aubergiste pouvait demeurer aussi alerte, encombrée qu'elle était par tant d'embonpoint. La jeune fille passa ses mains sur ses hanches : elle aussi s'était arrondie, sans aller jusque cette ampleur – Dieu merci ! – et elle se surprenait désormais à aimer l'image que lui renvoyaient les miroirs de Mauriencourt. D'ailleurs, la dame lui disait que c'était un charmant spectacle de la regarder travailler pendant les journées claires, lorsque le soleil posait des lueurs de feu sur ses cheveux. Catherine en avait profité pour changer de coiffure et nouer plus élégamment sa lourde tresse. Jason remarquerait-il ces jolis détails ? Elle ne lui dirait rien de tout cela, en tout cas ! Mais elle lui parlerait de la lettre de Léonora, qu'elle avait reçue pendant l'été, annonçant la naissance d'une petite fille prénommée Jeanne, les invitant à venir la voir ensemble. Partir en voyage avec Jason... Cette perspective faisait bondir le cœur de Catherine.

Dès que les amarres furent lancées, elle essaya de compter les silhouettes sur le pont. Elle en voulait à ses yeux de ne pouvoir percer l'épaisseur des mâts et des tonneaux, de ne pouvoir descendre dans l'entrepont. Pendant ce temps, son oreille guettait parmi les cris la voix de Jason.

Thomas, le pilote, sauta à terre. Louis Lebesque lui tendit les bras.

— Comment ça va, mon vieux ? Tu es toujours aussi bon à la manœuvre !

— Bonne pêche ; pas de blessé.

L'homme ménageait ses mots. Il avait la voix cassée par la fatigue et l'émotion. L'oncle s'éloigna avec lui vers l'auberge.

Ils descendaient tous à présent, l'un derrière l'autre.

Les larmes de Catherine l'empêchaient de voir celui qu'elle attendait. Et voilà qu'il était là, devant elle, bien droit sur ses deux jambes. Des cheveux hirsutes descendaient sur son front, une barbe noire envahissait ses joues. Il s'approcha. Avant de l'embrasser, il prit son visage entre ses paumes dures.

— Ça fait longtemps que je te regarde...

Depuis qu'on est entré dans la passe... Je voulais savoir...

— Et alors?

Sa voix, à elle non plus, n'était pas bien assurée.

— Tu es belle, dit-il simplement.

Il avait refermé les bras sur elle. Il ne sentait pas bon, mais qu'importe! Elle nicha le visage dans son cou, s'accrocha à ses épaules.

— As-tu trouvé ta Toison d'or? chuchota-t-elle.

Elle sentit le sourire de Jason s'étirer contre sa joue.

— Toi alors, tu n'oublies rien! Je te raconterai tous les trésors que j'ai découverts. Certains sont dans mon souvenir, d'autres dans mon coffre de marin, à bord. Je ne les échangerais contre rien au monde... mais j'ai bien envie de les partager avec toi...

Sans quitter le creux de son cou, elle fit oui de la tête. Elle était prête pour ce partage-là et pour beaucoup d'autres.

CASTOR PLUS

Le temps des grandes découvertes

LES GRANDES DÉCOUVERTES MARITIMES

Aller trouver les épices et les richesses où elles sont, là-bas en Inde, sans passer par la Méditerranée, naviguer au loin en suivant les astres, explorer enfin le monde au-delà du connu, tel est le rêve qui court dans tous les ports européens dès le début du XVe siècle.

L'impulsion est donnée par le prince portugais Henri le Navigateur (1394-1460) qui lance des expéditions le long de la côte africaine. Ses marins atteignent les îles du Cap-Vert en 1456, franchissent l'équateur, et pénètrent en 1471 dans le golfe de Guinée où ils installent des comptoirs pour le commerce de l'or, des esclaves, de l'ivoire et d'une sorte de poivre, la malaguette. En 1487, le navigateur portugais Bartoloméo Dias atteint enfin la pointe sud de l'Afrique, le cap de Bonne-Espérance ; il pressent qu'en traçant ensuite sa route vers l'est, il atteindra les Indes. C'est un autre explorateur portugais, Vasco de Gama, qui va tenter et réussir ce défi. En mai 1498, il jette l'ancre dans le port de Calicut, sur la côte occidentale de l'Inde. Un an plus tard il rentre à Lisbonne, les cales de ses navires regorgeant d'épices qui sont revendues à prix d'or sur les marchés européens.

Pendant ce temps, le marin génois Christophe Colomb a convaincu la reine d'Espagne de financer une expédition vers les Indes en passant par l'ouest, à travers l'Atlantique. Le 12 octobre 1492, il débarque sur une île de l'archipel des Bahamas. Il ne sait pas qu'il est au bord d'un immense continent mais les conquistadores qui viennent après lui l'ont très vite compris. Au cours des années suivantes, des centaines de navires affrontent dans les deux sens les houles de l'océan Atlantique : l'exploitation du Nouveau Monde vient de commencer.

Et les marins du Nord, bretons et normands…

Que font-ils pendant ce temps ? Ils ne restent pas inactifs, loin de là, mais l'histoire en parle moins. Du côté de Morlaix, un certain Jean de Coëtanlem, corsaire et aventurier, franchit l'Atlantique vers

1475 pour ramener au port des bois précieux, des objets étranges venus de très loin. Il multiplie les exploits guerriers contre les Anglais et se fait bien voir par le roi du Portugal qui l'accueille en 1484. On dit que, là-bas à Lisbonne, ses marins dans les tavernes ont beaucoup raconté leurs aventures maritimes et qu'un certain Christophe Colomb les a écoutés avec grand intérêt. En 1485, le même Christophe Colomb est à Bristol (Angleterre) où il se renseigne auprès des pêcheurs de la côte parce que ceux-ci, comme les Bretons et les Normands, ont déjà traversé l'Atlantique maintes fois.

Au tout début du XVIe siècle, l'armateur dieppois Jean Ango (1480-1551) lance ses navires vers l'estuaire du Saint-Laurent au Canada. Corsaire à ses heures, il descend piller les galions espagnols sur leurs routes du retour vers l'Espagne et, en 1523, il finance une expédition pour aller chercher sur la côte d'Amérique du Nord un passage vers l'Inde. Cela ne lui suffit pas : sa flotte est aussi dans l'océan Indien, sur la route des épices, puis au Brésil en 1529.

À bord de tous ces bateaux partis des ports de la Manche, des centaines de marins audacieux participent aux manœuvres, affrontent les tempêtes, par soif d'or et de découvertes, par envie d'aller voir loin. C'est le cas de Louis Lebesque qui a pu ainsi embarquer dans sa jeunesse, les yeux fixés sur l'horizon.

TERRE-NEUVE ET LA PÊCHE À LA MORUE

Dès le début du XVIᵉ siècle des convois de pêcheurs partent tous les ans vers l'île de Terre-Neuve, sur la côte du Canada.

Quand cette pêche lointaine a-t-elle commencé ? Les historiens connaissent un texte rédigé en 1514 par les moines de l'abbaye de Beauport, en Bretagne, qui reconnaissent percevoir un impôt sur les morues et poissons pêchés à la «Terre Neuve et en Islande» depuis trente, quarante ou cinquante ans. Cela signifie que des marins bretons traversaient déjà l'Atlantique vers 1460/70. Des dates précises suivent : le port de Bréhat en 1508, Honfleur en 1506 arment des navires pour les «nouvelles terres». Quelques années plus tard Saint-Malo et tous les ports de la côte ouest du Cotentin entre Carteret et Granville, même les plus petits, possèdent des bateaux et des équipages qui franchissent l'Océan. Le Havre, Rouen et Fécamp les rejoignent bientôt. Vers 1560 Nicolas Selle est l'un des premiers armateurs fécampois à investir dans la pêche à la morue.

Il s'agit d'une véritable ruée vers l'or. Le calendrier chrétien compte alors 150 jours par an où la viande est interdite et la morue, séchée et salée, est un poisson qui se conserve parfaitement. La pêche peut rapporter gros. En février ou mars, les bateaux jaugeant 40 à 50 tonneaux, avec une vingtaine de marins à bord, partent en convois pour éviter les pirates ou corsaires. Une fois sur place, après un ou deux mois de voyage, l'équipage établit un campement sur les grandes plages de galets qui entourent l'île de Terre-Neuve. Le poisson, pêché au filet, est ensuite salé et séché à terre. Au début de l'été, le travail est achevé. La cargaison est chargée à bord du bateau qui prend la route du retour et rentre au port vers août ou septembre.

Au cours des siècles suivants, les techniques de pêche vont évoluer mais c'est ainsi que pratiquaient la plupart des équipages du XVIe siècle.

LA FRANCE AU XVIe SIÈCLE

Le royaume de France, dans la première moitié du XVIe siècle, est en pleine expansion : les désastres de la guerre de Cent Ans sont effacés, les villages et les églises ont été reconstruits, le commerce prospère et la population atteint le chiffre record de 18 millions d'habitants. Cette croissance économique va de pair avec l'agrandissement du royaume. À la fin du siècle précédent, le roi Louis XI (1461-1483) avait annexé la Bourgogne, la Provence et l'Anjou ainsi que la Bretagne, indépendante jusqu'alors, en préparant le mariage de son fils Charles VIII avec l'unique héritière du duché, Anne de Bretagne. Le contrat de mariage, qui eut lieu en 1491, obligeait la duchesse Anne à épouser le successeur de Charles VIII si le couple royal n'avait pas de descendant. Ce qui fut fait : en 1498, à la mort de Charles VIII, Anne de Bretagne prit pour mari le roi Louis XII. Tous deux menèrent une vie brillante au château de Blois, restauré et agrandi pour accueillir la Cour. À leur grand désespoir, Anne et Louis virent mourir leurs trois fils en bas âge. Leur fille aînée, Claude de France, devint l'épouse de François Ier, qui monta sur le trône en 1515.

Quelques mois après son sacre, François Ier se couvre de gloire en remportant la célèbre victoire de Marignan où les canons français font des ravages grâce à leurs boulets explosifs. Ce faisant, le roi François poursuit les guerres d'Italie commencées par ses prédécesseurs : en 1495 Charles VIII chercha à annexer le royaume de Naples, qui avait appartenu autrefois à la famille française d'Anjou, et Louis XII en 1507 voulut reconquérir le duché de Milan dont il était le lointain héritier. Mais les ambitions de François Ier se heurtent à celles de Charles Quint (1516-1556), roi d'Espagne et empereur d'Allemagne, qui ne veut pas de la présence française en Italie. À la bataille de Pavie (1525), François Ier est fait prisonnier et emmené à Madrid où Charles Quint le traite sans égard. Les relations entre la France et l'Espagne ne se détendront qu'après la libération du roi et son mariage en 1530 avec la sœur de Charles Quint, Éléonore d'Autriche.

Différents aspects de la Renaissance en France

Les séjours des rois en Italie ont apporté en France un nouvel art de vivre. François Ier aime les arts et les lettres, entretient des artistes prestigieux. Les princes de la Cour l'imitent et paient des architectes, des sculpteurs qui bâtissent des châteaux lumineux, ouverts sur de beaux jardins remplis de fontaines, de statues et de colonnades.

Depuis l'ordonnance de Villers-Cotterêts signée par François Ier en 1539, le royaume de France est uni par la même langue : le français remplace le latin dans tous les actes officiels.

Dans les villages, les rapports entre les habitants et les seigneurs ne sont plus tout à fait les mêmes qu'au Moyen Âge. Après la guerre de Cent Ans, devant le manque d'hommes pour cultiver les terres, les seigneurs ont dû se montrer moins exigeants ; ils sont moins riches qu'avant et certains paysans, devenus propriétaires de leurs terres, vivent dans l'aisance. Le sire de Mauriencourt qui figure dans ce roman est à l'image d'un petit seigneur, Gilles de Gouberville, qui vécut dans le Cotentin. Les historiens le connaissent bien parce qu'il rédigea son journal pendant treize ans, de 1565 à 1578.

Les idées à cette époque

Le papier a remplacé le coûteux parchemin du Moyen Âge et ceux qui savent lire et écrire sont de plus en plus nombreux. Depuis 1450, les progrès de l'imprimerie permettent la diffusion des livres et des cercles littéraires se forment autour des éditeurs dans les grandes villes d'Europe. À Anvers, celui de l'imprimeur Plantin a une réputation internationale. Des échanges ont lieu entre ces différents foyers intellectuels, développant une nouvelle vision du monde que l'on nomme humanisme : l'homme échappe peu à peu au poids de la religion et se sent davantage maître de sa propre vie. La conscience, la culture, la liberté de chaque individu, l'éducation des enfants prennent de l'importance. Les textes des penseurs grecs et latins de l'Antiquité refont surface ; ils sont publiés et connaissent un énorme succès. L'art n'est plus seulement religieux mais s'inspire de la mythologie antique et rend gloire à la beauté du corps humain.

À PROPOS D'ÉRASME ET DE LA TOLÉRANCE RELIGIEUSE

Parmi les grands esprits de ce temps, Érasme (1469-1536) tient une place particulière : il séjourne dans tous les pays, écrit de nombreux ouvrages lus par tous les érudits à travers l'Europe ; il est l'ami du roi Henry VIII d'Angleterre, le conseiller de Charles Quint et de plusieurs papes. La fin de sa vie est marquée par les querelles entre les catholiques et les protestants. Il refuse de prendre parti et cherche plutôt à trouver une harmonie entre la pensée chrétienne celle des philosophes antiques.

Mais cette neutralité n'est pas appréciée par l'Église catholique qui interdira la publication de certains de ses ouvrages. Dans le roman, lorsque le sire de Mauriencourt lit *L'Éloge de la folie*, cet interdit n'a pas encore été prononcé mais on peut en déduire que le châtelain est un esprit tolérant, ouvert aux idées nouvelles. De son côté, la dame de Mauriencourt est en relation avec la reine Marguerite de Navarre (1492-1549), la sœur de François Ier, elle-même écrivain, qui accueille à sa cour et protège de nombreux protestants. Cette nouvelle religion, lancée en 1517 par le moine allemand Luther (1483-1546), proteste contre la rigidité morale et la richesse scandaleuse de l'Église catholique. Elle a de nombreux partisans parmi les intellectuels et les bourgeois car elle est mieux adaptée à l'évolution du monde et des idées.

La bourgeoisie

Dans le même temps la bourgeoisie est en pleine expansion. Les rois se méfient de la grande noblesse et préfèrent s'entourer de conseillers, de notaires, de ministres issus de la bourgeoisie. Bien des bourgeois achètent alors des titres de noblesse et se font construire des châteaux. Ce sont eux qui tiennent les richesses du pays et tous les rouages du grand commerce. Dans le roman, Louis Lebesque est le type même du bourgeois du XVIe siècle : il entreprend, risque son argent et en gagne.

À PROPOS DES JUIFS EN FRANCE

L'intolérance de l'Église et de la société vis-à-vis des juifs n'est pas une nouveauté au XVIe siècle : pendant tout le Moyen Âge, les juifs ont subi des persécutions. À chaque fois qu'un malheur arrive (la peste, la guerre, la famine…) ils sont considérés comme responsables. À plusieurs reprises, les rois les ont chassés après avoir confisqué leurs biens. Dans le roman, le père Anselme ne fait donc pas figure d'exception en faisant porter sur Léonora le poids des malheurs qui arrivent au village. Les juifs au XVIe siècle sont souvent banquiers ou prêteurs d'argent et leur fortune fait beaucoup d'envieux. C'est à cette époque que s'organisent dans les villes européennes les quartiers réservés aux juifs, ou ghettos. Dans le même temps la découverte de la culture et de la médecine juives fait partie des idées humanistes et les juifs sont bien accueillis dans les milieux intellectuels.

L'Espagne

L'Espagne est au XVIe siècle le cœur d'un empire immense comprenant la péninsule Ibérique, les États du Nouveau Monde (Pérou, Mexique, Venezuela...) découverts par Christophe Colomb et ses successeurs, l'Allemagne (composée alors de divers États) et les Pays-Bas.

En 1469, le mariage d'Isabelle de Castille (1451-1504) avec Ferdinand d'Aragon (1452-1516) a réuni les deux royaumes et le couple des «Rois Catholiques» achève la reconquête chrétienne de la péninsule.

Les musulmans occupaient l'Espagne depuis le VIIIe siècle, à l'exception de petits royaumes chrétiens au nord du pays, qui devinrent la base de la reconquête à partir du XIe siècle.

Le 2 janvier 1492, l'armée des «Rois Catholiques» reprend Grenade et l'Andalousie, dernier bastion musulman. Cette victoire met un terme à sept siècles de luttes et de coexistence entre chrétiens et musulmans sur le sol espagnol. L'Espagne unifiée est prête à devenir une grande puissance.

Séville, située sur le fleuve Guadalquivir, est au XVIe siècle la ville la plus peuplée et la plus cosmopolite d'Espagne. Des banquiers, des commerçants génois, florentins ou flamands s'y sont installés. La ville doit sa fortune au commerce avec l'Amérique : c'est sur les quais du Guadalquivir que sont déchargées toutes les richesses du Nouveau Monde, en particulier l'or du Pérou et l'argent du Mexique que rapportent les célèbres galions espagnols.

Les juifs et l'Inquisition en Espagne

Les musulmans d'Espagne au Moyen Âge respectaient les autres religions et de nombreux juifs s'étaient installés dans les villes de la péninsule comme banquiers, intellectuels ou marchands. Des contacts culturels existaient entre chrétiens, musulmans et juifs et les universités bénéficiaient grandement de cet esprit de tolérance qui, hélas, ne dura pas : dès le début de leur règne, en 1474, les « Rois Catholiques » instituent un tribunal chrétien d'une grande sévérité, l'Inquisition, pour faire disparaître les autres religions. Les premières mesures discriminatoires commencent contre les juifs : interdiction de porter des armes, d'exercer une charge publique... Le premier autodafé a lieu à Séville en 1481 ; les condamnés y sont brûlés vifs. Après la prise de Grenade, la politique de l'Inquisition se durcit : juifs et musulmans doivent choisir entre la conversion au catholicisme ou l'exil. 500 000 d'entre eux quittent l'Espagne. 250 000 choisissent le baptême mais ces nouveaux convertis ne sont pas laissés en paix car l'Église a peur qu'ils continuent à pratiquer leur religion en cachette. Les autodafés et les condamnations se multiplient. Les familles des condamnés sont persécutées à leur tour. L'Inquisition fait des ravages pendant les premières décennies du XVIe siècle puis une nouvelle vague de répression s'abat après 1556, sous le règne de Philippe II.

La médecine

Les progrès de la médecine pendant la Renaissance sont lents. La plupart des maladies sont encore appelées fièvres. On en ignore l'origine car les microbes sont inconnus et l'on soigne essentiellement par des saignées et des lavements qui épuisent les malades au lieu de les fortifier. Mais l'anatomie progresse sous l'influence des Italiens comme Léonard de Vinci (1442-1519), qui a laissé de nombreux croquis, ou des Flamands comme Vésale (1514-1564) et Paracelse (1493-1541) qui pratiquent des dissections, autrefois interdites par l'Église. Ces nouveaux médecins essaient de s'éloigner de l'enseignement des Anciens grecs et romains. Il faut faire une distinction à cette époque entre les médecins, qui ont appris leur savoir uniquement dans les livres, à l'université, et les chirurgiens-barbiers qui pratiquent des opérations, remettent les fractures, soignent les plaies... sans avoir fréquenté les universités ni les écoles de médecine. C'est justement parce qu'il ne connaît pas les livres des Anciens qu'Ambroise Paré (1509-1590) ose innover en chirurgie : dans les amputations, il ligature les veines et les artères afin d'éviter l'hémorragie, plutôt que de cautériser les plaies au fer rouge comme on pratiquait avant lui.

Brigitte Coppin

Brigitte Coppin

L'auteur est née en 1955 en Normandie où elle habite aujourd'hui, après avoir longtemps vécu à Paris. Cela fait une quinzaine d'années qu'elle écrit des livres pour la jeunesse, d'abord des documentaires, puis des romans.

C'est grâce à l'Histoire qu'elle a commencé à écrire parce qu'elle avait envie de trouver les mots justes pour raconter toutes ces vies si différentes des nôtres. Le Moyen Âge et la Renaissance, voilà ses deux époques préférées. Ici, ce sont les Grandes Découvertes qu'elle met en scène. Elle y associe ses plus beaux souvenirs d'enfance : la mer, la nature, les bateaux qui partent et qui reviennent...

Jean-Denis Pendanx

L'illustrateur de la couverture est né à Dax (dans les Landes) en 1966. Après des études d'arts graphiques à Toulouse et à Paris, il part quinze mois en coopération culturelle au Bénin. Dès son retour, il sa lance dans la bande dessinée et publie un album, *Diavolo*, avec Doug Headline (éditions Zenda, 1992). Puis il commence un série fantastique, *Labyrthes*, avec Dieter et Le Tendre au scénario (4 tomes aux éditions Glénat, de 1993 à 1998).

« L'illustration est pour moi un complément et une continuité à la bande dessinée, avec un avantage tout de même, celui de pouvoir changer d'univers, mais aussi de voir une idée prendre vite forme, ainsi que de tester diverses techniques de dessin et couleur. Ainsi, je réalise parallèlement des couvertures et illustrations pour les magazines *Casus Belli, Player One, Sciences & Vie Junior*. Je travaille en ce moment dans le dessin animé et réaliserai bientôt un vieux rêve : adapter en BD un roman policier se déroulant en Afrique noire. »

Castor Poche

Des livres pour toutes les envies de lire,
envie de rire, de frissonner,
envie de partir loin
ou de se pelotonner dans un coin.

Des livres pour ceux qui dévorent.
Des livres pour ceux qui grignotent.
Des livres pour ceux qui croient ne pas aimer lire.
Des livres pour ouvrir l'appétit de lire et de grandir.

Castor Poche rassemble des textes du monde entier ; des récits qui parlent de vous mais aussi d'ailleurs, de pays lointains ou plus proches, de cultures différentes ; des romans, des récits, des témoignages, des documents écrits avec passion par des auteurs qui aiment la vie, qui défendent et respectent les différences. Des livres qui abordent les questions que vous vous posez.

Les auteurs, les illustrateurs, les traducteurs vous invitent à communiquer, à correspondre avec eux.

Castor Poche
Atelier du Père Castor
4, rue Casimir-Delavigne
75006 PARIS

Cet
ouvrage,
le sept cent
soixante-septième
de la collection
CASTOR POCHE,
a été achevé d'imprimer
sur les presses de l'imprimerie
Maury Eurolivres
Manchecourt - France
en novembre 2005

Dépôt légal : août 2000.
N° d'édition : 4797. Imprimé en France.
ISBN : 2-08-16-4797-4
ISSN : 0763-4544
Loi n° 49-956 du 16 juillet 1949
sur les publications destinées à la jeunesse